D1664078

Vladislav Jaros
*Winter in Venedig*

Vladislav Jaros

# Winter in Venedig

Novelle

 EDITION **KÖNIGSTUHL**

Folgenden Institutionen danken wir für ihre Unterstützung:

Gemeinde Münchenbuchsee

**Impressum**

© 2023 Edition Königstuhl

Alle Rechte vorbehalten.

Kein Teil dieses Buches darf ohne schriftliche Genehmigung des Verlags repro-
duziert werden, insbesondere nicht als Nachdruck in Zeitschriften oder Zeitungen,
im öffentlichen Vortrag, für Verfilmungen oder Dramatisierungen, als Übertragung
durch Rundfunk oder Fernsehen oder in anderen elektronischen Formaten.
Dies gilt auch für einzelne Bilder oder Textteile.

Bild Umschlag:         Maria Julia Martinez, unsplash.com
Gestaltung und Satz:   Stephan Cuber, diaphan gestaltung, Bern
Lektorat:              Walburga Glaremin
Druck und Einband:     CPI books GmbH, Ulm
Verwendete Schriften:  Adobe Garamond Pro, Mark Narrow

ISBN 978-3-907339-32-9

Printed in Germany

www.editionkoenigstuhl.com

# 1

Jonathan hatte sich im Labyrinth der verzweigten Gassen verlaufen und hoffte, bald den Weg zum *Canal Grande* zu finden. Plötzlich vernahm er Schritte. Er blieb stehen, drehte sich um. Eine Gestalt im langen schwarzen Mantel verschwand durch eine Tür. Es ging so schnell, dass er nicht sicher war, ob er sich das nicht bloß eingebildet hatte. Die Gasse vor ihm gähnte vor Leere, und er fragte sich, woher seine innere Unruhe kam? Warum sollte ausgerechnet ihn jemand verfolgen? Wer konnte hier Interesse an ihm haben? Er ging weiter, aber das bedrückende Gefühl ließ ihn nicht mehr los. Die engen Gassen führten ihn oft nur zu einem der zahlreichen Seitenkanäle. Manchmal endeten sie auf einer Piazza und es blieb ihm nichts anderes übrig, als umzukehren und bei der nächsten Kreuzung eine andere Richtung einzuschlagen. Er bereute es, keinen Stadtplan mitgenommen zu haben. Das hätte ihm das mühsame Herumirren erspart. An einem Kanal blieb er stehen und überlegte wie weiter. Schließlich entschloss er sich, dem Kanal entlang weiterzugehen.

Langsam neigte sich der Tag zu Ende. Wie ein weiches dunkelgraues Seidentuch senkte sich die Winterdämmerung auf die Lagunenstadt. Einige Möwen zankten sich um Abfälle am Rande des Kanals. Das schrille Kreischen der Vögel hallte überm Wasser und wurde von den Mauern der Häuser verstärkt reflektiert. Ein kalter Dunst lag über dem Kanal und es fing an zu regnen. Ein leichter Nieselregen. Jonathan steckte seine Hände in die Manteltaschen. Eine Melodie aus Vivaldis *Le Quattro Stagioni* erklang in seinem inneren Ohr. Er fing an, im Rhythmus seiner Schritte das Thema des zweiten Satzes aus dem Werkabschnitt *Winter* zu summen. Nur ganz leise. Das Largo, in dem Vivaldi den Klang des Regens mit Pizzicato-Begleitung in den Violinen geschickt nachahmt, fand Jonathan schon immer faszinierend. Die Melodie berührte ihn jedes Mal, wenn er sie im Konzert hörte. So auch jetzt, an diesem kaltfeuchten Wintertag, obschon sie nur in seinem Kopf erklang.

Jonathan war vor knapp einer Woche in die Serenissima gekommen, wie Venedig von den Venezianern liebevoll genannt wird. Auf gewisse Fragen, die ihn seit Jahren beschäftigten, hoffte er hier eine Antwort zu finden. Es war eine Art Suche nach vergangener Zeit, nach den Spuren einer Geschichte, die mit dieser Stadt eng verbunden war. Er hatte in einem Hotel gebucht, das direkt am *Canal Grande* lag. Das Zimmer war klein und spartanisch eingerichtet: ein Bett, ein Tisch mit zwei Stühlen, ein winziger Kleiderschrank, ein enges Badezimmer mit Waschbecken, Dusche und Toilette. Das reichte ihm. Mehr brauchte er nicht. Er war nicht anspruchsvoll. Durch das Fenster sah man Gondeln, Motorboote und Vaporetti auf dem Wasser vorbeifahren. An den Abenden, wenn der Schlaf nicht kommen wollte, betrachtete er den Verkehr auf dem Kanal. Die Vaporetti fuhren bis weit nach Mitternacht. Uralte Laternen auf der anderen Seite des Kanals warfen gelbe Lichtkegel aufs Wasser. Jedes Mal, wenn ein Boot vorbeifuhr, zerbrach das Licht auf der Wasseroberfläche in unzählige Lichtsplitter, die auf den schwarzen Wellenkämmen unruhig tänzelten. Seine Schlaflosigkeit war für ihn neu. Normalerweise konnte er überall einschlafen. Ob es nun an der feuchten Kälte oder an seinen Erwartungen lag, vermochte er nicht zu sagen. Mit seinen vom Schlafmangel geröteten Augen sah er das Wasser im Kanal und die modernden Palazzi mit abblätterndem Verputz unscharf wie die Impressionen von Monet, bei denen der atmosphärische Eindruck überwiegt. Venedig, dachte er, die ewige Metapher der Vergänglichkeit.

Am frühen Nachmittag hatte er den Lido besucht. Langsam schlenderte er über den menschenleeren, von unzähligen zerbrochenen Muscheln übersäten Strand, Muscheln verschiedener Formen, in deren Perlmutt blaue und rosa Träume schlummerten. Die Wellen der Brandung schlugen mit ihren eiskalten Fäusten auf den Strand ein, wo sie sich in formlosen Schaum verwandelten. Der Himmel war verhangen mit einer dunkelgrauen Wolkendecke und die Meerlandschaft in düsteres Licht getaucht. Die melancholische Atmosphäre erinnerte Jonathan an das Gemälde *Gondola sulla Laguna Grigia* von Francesco Guardi, welches er vor langer Zeit in einem Museum in Rom gesehen hatte. Es war ein Sinnbild der Einsamkeit.

Die Muscheln zerbrachen unter seinen Schuhsohlen mit einem leisen, knirschenden Geräusch. Es klang wie Schritte auf dünnem Eis, das unter dem Gewicht des Spaziergängers durchbricht. Ein eisiger Wind blies vom Meer her, was ihn dazu bewog, den Strand schon nach einer Stunde zu verlassen. Er durchquerte verschiedene Quartiere, wartete auf eine Regung in seiner Seele, auf ein Erwachen verschütteter Bilder oder Gefühle, aber außer unerträglicher Leere und feuchter Kälte, die ihm in die Knochen kroch, spürte er nichts.

Noch vor Kurzem lagen einige Stadtteile unter Wasser. Aqua Alta, die alljährlichen Überschwemmungen. Im Spätherbst habe es ungewöhnlich viel geregnet, vernahm er von einem Verkäufer in einem Souvenirladen. Das Wasser sei so hoch angestiegen, dass man über die Piazza San Marco habe bootfahren können. Einmal sei es dermaßen kalt gewesen, dass sich auf der Hochwasseroberfläche eine fingerdicke Eiskruste gebildet habe. Die Einwohner hätten sich gezwungen gesehen, sie mit Schaufeln zu zerschlagen, um mit dem Boot durchzukommen.

Die Venezianer sind es gewohnt, die Wetterkapriolen des Winters stoisch hinzunehmen. Sie kennen die Spielchen der Natur während der Aqua Alta seit je. Mit hohen Gummistiefeln und Regenschirm ausgerüstet, waten sie durchs Wasser, das ihnen zuweilen bis zu den Hüften reicht, und warten auf eine Entspannung der Wetterlage. Es ist einfach so, daran lässt sich nichts ändern. Das Leben geht weiter.

Das Wasser hatte sich bereits zurückgezogen, aber die Mauern der Palazzi und die Steinplatten der Fußwege blieben feucht und glitschig. Hier und dort lagen in den Gassen immer noch Bretter aufgeschichtet, über die man das Wasser an den tieferen Stellen hatte überqueren können. Man würde sie bald in den Abstellräumen verschwinden lassen, die Besucher sollten sich nicht weiter daran stören. In ein paar Tagen würde der *Carnevale di Venezia* anfangen und den Maskennarren aus aller Welt durfte beim Herumtollen nichts im Wege stehen. Da musste die Lagunenstadt aufgeräumt und herausgeputzt aussehen, um bei den Touristen einen bleibenden guten Eindruck zu hinterlassen.

Jonathan zitterte am ganzen Körper. Und er wusste nicht, ob das Zittern von der Kälte oder von der bedrückenden Stimmung hervorgerufen wurde. Wahrscheinlich von beidem. Was er jetzt unbedingt brauchte, war ein heißes Getränk. Aber das erwies sich als ein Problem. Die Restaurants, an denen er vorbeiging, waren alle geschlossen. An einem der Kanäle fand er endlich eine offene Bar. Es war ein kleiner länglicher Raum, in dem ein paar alte Venezianer an einem Tisch saßen, Wein tranken und sich laut unterhielten. Als Jonathan eintrat, brach das Gespräch sogleich ab. Schweigend musterten sie ihn eine Weile. Dann wandten sie sich von ihm ab und ihre Stimmen füllten die Bar von Neuem. Jonathan setzte sich nah am Fenster an einen Tisch.

«Was wollen Sie trinken?», rief ihm der Wirt von der Theke zu.

«*Un té e una grappa, per favore*», antwortete Jonathan mit erhobener Stimme, weil er befürchtete, der Wirt könnte ihn sonst in dem Stimmenwirrwarr nicht verstehen.

Vor Jahren hatte Jonathan Italienischunterricht genommen. Jetzt freute es ihn, dass er den Gesprächen der Einheimischen einigermaßen folgen konnte. Der Wirt nickte und Jonathan blickte aus dem Fenster. Durch die leicht angelaufenen Fensterscheiben konnte man den Kanal sehen. Kaltes Winterlicht fiel auf die Wasseroberfläche und übersäte sie mit winzigen eisblauen Pinselstrichen. Vereinzelte Schneeflocken schwebten in der Luft, landeten auf dem Wasser und lösten sich auf. Blaue Dämmerung hielt die Stadt in ihrer Umarmung. Ab und zu tuckerte ein Motorboot vorbei und die Oberfläche des undurchsichtigen, fast schwarz anmutenden Wassers geriet in Bewegung. Kleine Wellen breiteten sich fächerartig hinter dem Boot aus und leckten an den Wänden der Häuser. Die leisen, plätschernden Geräusche konnte man im Restaurant selbst bei geschlossenen Fenstern vernehmen. Jonathan schaute auf seine Armbanduhr. Erst halb fünf und schon fast dunkel, dachte er.

Der Wirt brachte die Getränke, stellte sie auf den Tisch.

«*Che freddo oggi!*», sagte er mit heiserer Stimme, ohne Jonathans Antwort abzuwarten, als hätte er keine Lust, mit ihm zu reden. Jonathans Mundwinkel verzogen sich zu einem kaum wahrnehmbaren Lächeln. Der Italiener war ihm trotzdem sympathisch. Seine authentische, schroffe Art und sein schwerfälliger Gang gefielen ihm. Er goss den Grappa in den Tee, warf zwei Würfel Zucker hinein und rührte mit dem Löffel in der Tasse, bis sie sich auflösten. Schon nach dem ersten Schluck spürte er eine wohltuende Wärme, die sich in seinem Körper ausbreitete, und die Welt kam ihm sofort etwas freundlicher vor. Unter den Einheimischen fühlte er sich wohl, selbst wenn sie ihm keine Beachtung schenkten.

# 2

Nur mit einem Koffer in der Hand und dem Buch eines russischen Dichters über dessen neunzehn Venedig-Aufenthalte in der Manteltasche war Jonathan in der Lagunenstadt angekommen. Der Titel der deutschen Übersetzung des Textes passte gut zu Jonathans Reise, selbst wenn er mit demjenigen der Originalausgabe nicht ganz übereinstimmte. Der Dichter hatte einen italienischen Namen für seinen Band gewählt, obschon er es auf Englisch geschrieben hatte. Vielleicht wollte er damit seine Liebe zu Venedig unterstreichen. Der deutsche Titel gefiel Jonathan besser, weil er ihn an seine selbst gewählte Einsamkeit erinnerte. Er kam sich verloren vor, und wenn es keine Musik und Literatur gäbe, die ihn vom Alltag ablenkten, hätte er hinter sein monotones Leben längst einen Punkt gesetzt. Das Reisen trug maßgeblich zur Aufhellung seines grauen Daseins bei. Es brachte ihm willkommene Abwechslung und verscheuchte für eine Weile die dunklen Geister aus der Vergangenheit, die ihn immer wieder heimsuchten. Er zog das Buch aus seiner Manteltasche und legte es auf die Tischplatte. Unbewusst fuhr er mit den Fingerspitzen über den Buchumschlag, auf dem man eine verwitterte Ziegelmauer, drei Fenster mit grünen Läden, darunter ein typisch venezianischer Kanal mit stillem Wasser und die dunkle Silhouette eines verloren wirkenden, auf einer kleinen Brücke stehenden Mannes sehen konnte. Ob dieser dort stehen geblieben war und ins trübe Wasser des Kanals schaute oder ob er nur die Brücke überqueren wollte, war nicht erkennbar. Beides war möglich. Bei einer genaueren Betrachtung konnte man drei oder vier Schritte hinter ihm eine zweite Männersilhouette erkennen, die, von einer Hausecke halb verdeckt, den Eindruck eines ihn verfolgenden Schattens erweckte. Die gelungene Komposition verlieh der Fotografie eine bedrohliche Atmosphäre, eine seltsame Spannung und gleichzeitig etwas zutiefst Irritierendes. Jedenfalls regte sie die Fantasie des Betrachters an. Handelte es sich da um den Autor auf der Brücke, den jemand auf seinen Wunsch abgelichtet hatte? Möglich. Aber es konnte genauso gut ein Schnappschuss eines Fremden sein, der dem Fotografen zufällig vor die Linse lief und der Verlag wählte ihn aus der Flut der Venedigbilder für den Umschlag aus, weil das Foto zum Thema des Textes besonders gut passte. Aber es war auch durchaus möglich, dass der Fotograf den Auftrag bekam, ein Foto zum Thema *Verloren in der Lagunenstadt* zu machen, und er erledigte diesen mit der ihm eigenen Professionalität.

Jonathan öffnete das Buch, fing an zu lesen. Die eigenartige Stimmung des Textes machte ihn fast süchtig; er konnte in sie eintauchen und alles um sich herum vergessen. In einer venezianischen Bar sitzen mit diesem Buch in der Hand und heißen Tee mit Schnaps trinken, genauso stelle ich mir das Paradies vor, hatte er einmal einem Universitätskollegen gesagt und ihm den Band gezeigt. Dieser hatte sich die Fotografie auf dem Umschlag angesehen und geschmunzelt. Dann hatte er ihm ohne Kommentar auf die Schulter geklopft und gedacht, dass Jonathan wieder einmal ein bisschen übertrieb. Er hatte sich das Paradies völlig anders vorgestellt. Doch Jonathan hatte es ernst gemeint.

Obschon er das Buch mehrmals gelesen hatte und einige Passagen daraus inzwischen auswendig kannte, blätterte er immer wieder darin und fand jedes Mal etwas Neues, entdeckte eine neue Schicht, die ihm bisher entgangen war. Es war die Vielschichtigkeit der poetischen Prosa dieses Russen, die ihn faszinierte und die eindrücklich belegte, dass dieser ein begnadeter Dichter war. Für seine Lyrik war er mit etlichen bedeutenden Preisen ausgezeichnet worden. Der Text hatte ebenso viele Nuancen wie das Wassers in Venedigs Kanälen Grüntöne aufwies, deren Schattierungen sich je nach Witterung andauernd veränderten. Es gab keine plausible Erklärung, warum ihn die Werke dieses Dichters so tief berührten. Ob es an der originellen Wortwahl, am Rhythmus, an der Form oder am Undefinierbaren zwischen den Zeilen lag, konnte er nicht mit Gewissheit feststellen. Diese Sprache wirkte auf ihn wie eine Droge. Aber es konnte auch daran liegen, dass das Buch in ihm Erinnerungen an glückliche Tage wachrief, die er vor Jahren in der Lagunenstadt erlebt hatte. Tage, die er nicht vergessen konnte, obschon er sie noch so gern vergessen hätte, weil sie ihm vor Augen führten, dass der Mensch in seinem Leben manchmal sehr glücklich sein kann.

Es handelt sich meist um kurze Zeitabschnitte, die schnell vorbeifließen. Dann kommt ein graues Dasein ohne Höhe- und Tiefpunkte, das mehr einem ziellosen Irren im dichten Nebel ähnelt als einem bewusst gelebten Leben. Und es ist eine schmerzhafte Erfahrung, wenn man sich der trostlosen Eintönigkeit des eigenen Alltags bewusst wird. Ins Buch vertieft, trank Jonathan ab und zu einen Schluck Tee. Dabei merkte er nicht, dass die Stadt allmählich in der Dunkelheit versank.

Die Stimmen in der Bar waren in der Zwischenzeit verstummt. Jonathan warf einen Blick zur Theke. Der Wirt stand immer noch an der gleichen Stelle wie vorher. Gelangweilt fuhr er mit einem Lappen über die Theke, um der Zeit ein Schnippchen zu schlagen und der Theke zumindest ein bisschen Glanz zurückzugeben. Die Gäste hatten die Bar verlassen, ohne dass Jonathan es bemerkt hatte. Es ist auch für mich an der Zeit zu gehen, dachte er, klappte das Buch zu, steckte es in seine Manteltasche und verlangte die Rechnung. Der Wirt ließ nicht lange auf sich warten. Jonathan gab ihm ein angemessenes Trinkgeld und stand auf.

«*Arrivederci*», sagte er.

Der Wirt steckte das Geld ein und nickte schweigend. Jonathan fragte, ob er ihm den Weg zur *Ponte dell'Accademia* erklären könnte. Erstaunt sah ihn der Wirt an, als hätte er den Verdacht, dass Jonathan ihn auf den Arm nehmen wolle. Offensichtlich fiel es ihm schwer zu begreifen, dass jemand zu dieser Tageszeit mit solchen überflüssigen Fragen kommen konnte. Als er jedoch merkte, dass Jonathan es ernst meinte, erbarmte er sich.

«Die Brücke ist nur einen Steinwurf von hier entfernt», sagte er grinsend.

Etwas beschämt erklärte Jonathan, er habe im Labyrinth der Gassen die Orientierung verloren und wisse nicht, in welchem Quartier er sich befände.

Mit ein paar Strichen zeichnete der Wirt eine einfache Stadtkarte auf ein Stück Papier. Den Ort, an dem sich die Bar befand, markierte er mit einem kleinen Kreuz. Mit einigen Pfeilen bezeichnete er schließlich den direkten Weg zur *Ponte dell'Accademia*.

«Folgen Sie den Pfeilen und Sie können die Brücke unmöglich verfehlen», sagte er.

Jonathan bedankte sich. Mit der provisorischen Karte in der Hand verließ er die Bar. Nach der Zeichnung zu schließen, musste sich die Brücke tatsächlich ganz in der Nähe befinden. In den spärlich beleuchteten Gassen bestand trotzdem die Gefahr, den Weg zu verlieren, wenn man nicht gut aufpasste. Die Orientierung war nie seine Stärke gewesen. Er hielt sich strikt an die vom Wirt gezeichneten Pfeile und gelangte bald zum *Canal Grande*. Schon von Weitem sah er die *Ponte dell'Accademia*. Er atmete auf. Jetzt war es nicht mehr weit bis zu seinem Hotel.

Der Concierge hob den Kopf von einem Modemagazin, mit dem er sich die Arbeitszeit zu verkürzen schien. Er schaute Jonathan an, als wollte er ihn am liebsten wieder hinausschicken. Es war offensichtlich, dass er die Zeitschrift interessanter fand als den Fremden, der aus der Kälte kam. Durch die dicken Brillengläser sahen seine Augen unnatürlich groß aus. Sie erinnerten Jonathan an Froschaugen.

«Haben Sie sich die Schönheiten unserer Stadt angeschaut?», fragte der Concierge gezwungen lächelnd. Bevor er noch etwas beifügen konnte, öffnete sich die Tür. Ein alter Mann kam in die Hotelrezeption.

«*Come va?*», fragte der Concierge.

«*Va bene*», sagte der Alte, aber es klang nicht besonders überzeugend.

Der Concierge wandte sich an Jonathan.

«Dieser gute Mann hat hier lange gearbeitet. Bis zu seiner Pension. Vierzig Jahre stand er an der Rezeption dieses Hotels. Ich bin sein Nachfolger.»

«Tatsächlich!», rief Jonathan, ohne ihn anzusehen.

«Waren Sie nicht schon einmal hier?», fragte der Alte plötzlich.

«Ja, aber das ist schon sehr lange her», sagte Jonathan.

«Interessant», sagte der Alte. Aufmerksam schaute er Jonathan eine Weile ins Gesicht. «Als ich Sie sah, hatte ich sofort das Gefühl, dass ich Sie schon einmal gesehen habe. Mein Gedächtnis für Gesichter ist ausgesprochen gut. In unserem Metier ist das von Vorteil, denn so kann man Gäste, die schon einmal im Hotel waren und nach einem oder zwei Jahren wiederkommen, mit dem Namen ansprechen. Das kommt immer gut an. Sie sind überrascht und fühlen sich geschmeichelt, dass man sich an sie noch erinnert. Wenn ich mich nicht täusche, waren Sie damals in Begleitung einer Dame mit rotblondem Haar, nicht wahr?»

Etwas beunruhigt schaute Jonathan ihn an. Es fiel ihm schwer zu glauben, dass sich der Alte nach so langer Zeit an ihn erinnern konnte.

«Es tut mir leid, aber Sie irren sich. Ich war allein hier», sagte er ungeduldig. «Aber jetzt müssen Sie mich entschuldigen, Signori, ich habe zu tun.»

«Aber natürlich, Signore, ich habe nicht vor, Sie lange aufzuhalten», sagte der Alte, «Sie müssen mir verzeihen, aber ich bin ziemlich sicher, dass Sie damals nicht allein hier waren. Die

Frau hatte ein auffallend schönes Gesicht. Ich sehe sie immer noch vor mir, wenn ich die Augen schließe. So ein Gesicht vergisst man nie wieder.»

«Anscheinend wissen Sie es besser als ich», sagte Jonathan schroff. «Ich wünsche einen angenehmen Abend, meine Herren.» Er hatte keine Lust, mit ihm weiter zu diskutieren, nahm seinen Zimmerschlüssel entgegen und ging.

Der Concierge sah ihm kopfschüttelnd nach und Jonathan hörte, wie er zum Alten sagte: «*Pazzi stragnieri*. Sie kommen nach Venedig und benehmen sich, als ob sie keine Erziehung genossen hätten. Wahrscheinlich hatte er auch keine», lachte er und dieser ließ sich von seinem Lachen anstecken.

Als Jonathan die Zimmertür aufsperren wollte, merkte er, dass sie nicht abgesperrt war. Er öffnete die Tür und zuckte zusammen. Am Fenster stand ein Mann im blauen Overall.

«Was haben Sie hier zu suchen?», rief Jonathan empört.

Der Handwerker drehte sich ruhig um.

«Nur keine Panik. Ich habe bloß nachgeschaut, ob der Heizkörper funktioniert», sagte er. «Alles in Ordnung. Ich bitte um Verzeihung, falls ich Sie erschreckt habe. Ich habe den Auftrag bekommen, die Radiatoren im ganzen Hotel zu prüfen. Hat der Concierge Sie darüber nicht informiert?»

«Nein.»

«Nicht mein Fehler», sagte der Mann im Overall trocken.

«Ich frage mich, wieso Sie Ihre Arbeit nicht tagsüber erledigen können? Das wäre doch das Normale oder etwa nicht?»

«Ich muss meine Arbeit machen, wann ich kann. Seit ein paar Tagen werde ich mit Aufträgen überhäuft. Deswegen bin ich überlastet. Es gibt viele Hoteliers in Venedig, die noch vor dem *Carnevale* ihre Heizungen überprüfen lassen wollen, damit alles gut funktioniert, wenn die Gäste aus aller Herren

Länder anreisen. So, jetzt bin ich fertig. Dauerte ja auch nicht lange. Ich wünsche Ihnen einen besonders ereignisvollen Aufenthalt in Venedig, Signore!»

Mit diesen Worten verließ er das Zimmer.

Jonathan sperrte hinter ihm die Tür ab und ließ den Schlüssel im Schloss stecken. Eine Weile stand er da und blickte geistesabwesend auf die Wand. Es fiel ihm auf, dass der Handwerker im letzten Satz die Worte «besonders ereignisvollen Aufenthalt» unnatürlich stark betont hatte. Sie klangen fast wie eine Drohung. Sein Herz schlug wild. Nachdem er sich etwas beruhigt hatte, öffnete er seinen Koffer. Auf den ersten Blick erkannte er, dass jemand darin herumgewühlt hatte. Er kontrollierte den Inhalt. Es fehlte nichts. Dann nahm er eine kleine Schachtel mit Medikamenten und eine gerahmte Farbfotografie heraus. Er steckte eine Tablette in den Mund und spülte sie mit einem Glas Wasser hinunter. Die Fotografie, auf der eine junge, attraktive Frau abgelichtet war, stellte er auf den Tisch und betrachtete sie eine Weile. Recht hatte er, der komische Alte, dachte er missmutig, sie hatte rotblondes Haar, eine prächtige Löwenmähne ... Er zog seinen Mantel aus, hängte ihn an einen Kleiderbügel. Dann legte er sich aufs Bett und schloss die Augen.

# 3

Unter dem bedeckten Himmel sah der *Canal Grande* rabenschwarz aus. Die Palazzi entlang des Kanals wuschen ihre alten verwitterten Füße im trüben Wasser. Das Bild wirkte wie eine Theaterkulisse für ein Drama. Die Historie dieser Stadt ist voller Tragödien, dachte Jonathan. Jeder Ziegelstein in den Hausmauern flüstert seine eigene düstere Geschichte ins Wasser der Kanäle. Kaum zu glauben, wie trostlos die Serenissima bei Regenwetter anmuten kann. Eine Stimme in seinem Kopf opponierte: Und die Liebe? Gibt es denn keine Liebesgeschichten in dieser Stadt? Ach ja, freilich gibt es sie! lächelte Jonathan. Selbst wenn die meisten tragisch enden, sollte man sie unter keinen Umständen vergessen. Warum sehe ich in der letzten Zeit alles so schwarz? Ja, warum eigentlich? Er dachte nach und zuckte mit den Schultern, als wollte er sagen: Woher soll ich das wissen? Es ist einfach so. Das Einzige, was ich weiß, ist, dass es mir nicht guttut. Wieso vergesse ich immer wieder, wie freundlich diese Stadt unter klarem Himmel aussieht?

Laut keuchend durchpflügte ein Vaporetto den Kanal. Bald sah Jonathan die Rücklichter des Boots in der Dunkelheit verschwinden.

«Es sieht genauso aus wie damals», flüsterte er vor sich hin, «als wäre hier die Zeit stehen geblieben. Das Wasser des *Canal Grande*, tagsüber grün, nachts schwarz wie Vivaldis Tusche, mit der er seine Opern und die weltberühmten *Le quattro stagioni* für Streicher schrieb, es ändert sich andauernd und wirkt trotzdem immer gleich.»

Jonathan dachte nach. Er konnte sich nicht erinnern, ob Vivaldi das Stück in Venedig, Mantua oder in einer anderen italienischen Stadt komponiert hatte. Je mehr er sich anstrengte, desto weniger wollte es ihm einfallen, obschon er früher über Vivaldis Leben und Werk alles gewusst hatte. Seit seiner Kindheit hatte ihn die bestechende Klarheit und Virtuosität von Vivaldis Musik fasziniert. Seine Eltern besaßen viele Schallplatten mit Werken des venezianischen Komponisten, und er hörte sie, wann immer er konnte. Er liebte diese Musik. Dass selbst ein Johann Sebastian Bach, dieser bedeutendste Meister der barocken Epoche, sich Vivaldis Einfluss nicht entziehen konnte, war für Jonathan die beste Bestätigung der musikalischen Qualität des italienischen Meisters. Bach komponierte das *Italienische Konzert* in Vivaldis Stil und übernahm sogar mehrere Stücke von Vivaldi, die er für Orgel bearbeitete und als eigene Werke herausgab. Das war zu seiner Zeit die übliche Praxis, gab es doch damals noch kein Copyright. So war es nicht weiter verwunderlich, dass die damaligen Komponisten ohne Scham auch Früchte in Nachbars Garten pflückten. Jonathan schmunzelte bei der Vorstellung all der Gerichtsverfahren, die Bach bei dieser seiner Praxis in der heutigen Zeit am Hals gehabt hätte. Während seines Studiums hatte Jonathan alles über und von Vivaldi gelesen und gehört, von diesem Genie mit seiner ausgeprägten eigenen Sprache, besser gesagt, er hatte alles mit Interesse verschlungen, was er in den Bibliotheken auftreiben konnte. Seine Dissertation hatte er über das Leben und Werk des Komponisten geschrieben. Für seine hervorragende Arbeit hatte er von der Oxford-Universität einen Doktortitel *summa cum laude* erhalten. Ab diesem Zeitpunkt hatte er sich für einen Vivaldi-Kenner gehalten und ausgerechnet jetzt, da er am Fenster dieses venezianischen Hotels stand, eines Palazzo aus der betreffenden Epoche, in dem vielleicht auch der Komponist einmal abgestiegen war, wollte ihm der Entstehungsort der *Vier Jahreszeiten* nicht mehr einfallen. Er schüttelte den Kopf. Mein Gehirn lässt mich immer wieder im Stich, dachte er verstimmt. Es gleicht Venedigs Mauern - auch von meinem Gedächtnis bröckelt der Verputz ab. Das Altern und der Zerfall aller Dinge waren ihm kein Geheimnis, doch die Erkenntnis, dass es einmal ihn erwischen und sein Erinnerungsvermögen mit zunehmendem Alter einem Sieb gleichen könnte, in dem immer weniger hängen bliebe, beunruhigte ihn zutiefst. Früher war er sehr stolz auf sein Erinnerungsvermögen. Während des Studiums staunten darüber auch die Professoren. Sie verglichen ihn scherzhaft mit einem wandelnden Lexikon, was ihm geschmeichelt hatte. Doch sein Gedächtnis verschlechterte sich, je älter er wurde. Von Jahr zu Jahr wurde es schlimmer. Manchmal fragte er sich, wozu man überhaupt studiert hatte, wenn man mit der Zeit das meiste vergaß. War es nicht die reinste Zeitverschwendung? Wäre es nicht sinnvoller gewesen, sein Gehirn a priori auf die Probleme der Gegenwart zu fokussieren? Lernen ohne den Anspruch, das Wissen bis zum Tod im Kopf aufzubewahren? Würde man nicht besser leben, wenn man die Gegenwart bewusster erfassen würde, statt während des Großteils seines Lebens in alten Büchern zu wühlen und dabei zu verschimmeln? Bleich und kurzsichtig vom vielen Lesen dürsten wir nach Wissen, nach Erfolg, aber ist das alles genauso wie Ruhm und Reichtum, nicht nur Schall und Rauch? Ach, die Neugier und der krankhafte Ehrgeiz, sie haben es auf dem Gewissen, zwingen uns hinter diesem Ziel herzurennen, und wir hinterfragen das nicht einmal. Nicht umsonst hatte D. H. Lawrence den Erfolg *The Bitch-Goddess Success* genannt, weil der Wunsch danach uns dazu bringt, diesem nachzurennen, obwohl er dann direkt vor unserer Nase verschwindet. Der englische Schriftsteller hatte es richtig erfasst. Wir studieren und plagen uns in der Hoffnung, etwas Besonderes zu erreichen, und am Ende stehen wir vor dem Nichts. Und die *Bitch-Goddess Success* lacht sich dabei halb krumm über uns. Jonathan erinnerte sich an ein Zitat, das er in Oxford auf einer Ansichtskarte gelesen hatte:

The more you learn,
the more you know.
The more you know,
the more you forget.
So why study?

Von wem es stammte, daran konnte er sich nicht mehr erinnern, aber die Worte blieben ihm im Gedächtnis haften. Zum Glück gibt es Dinge, die man nicht vergisst, dachte er. Immerhin etwas Beruhigendes.

Er ging zum Tisch und nahm die gerahmte Fotografie in die Hand. Er konnte sich noch gut erinnern, wie er vor Jahren mit dieser Frau in eben diesem Zimmer am Fenster gestanden hatte. Zusammen schauten sie auf den *Canal Grande* und er konnte sein Glück kaum fassen. Jedes einzelne Bild aus der damaligen Episode blieb in den Windungen seines Gehirns erhalten. Die Fotografie hatte er am Abschiedstag gemacht. Es war die Einzige, die er von ihr besaß. Und sie wirkte wie ein Katalysator. Jedes Mal, wenn er sie ansah, setzte sie eine biochemische Reaktion in seinem Gehirn in Gang und er wurde überflutet von Erinnerungen. Gleich einem Videofilm sah er Bildsequenzen aus diesem Zeitabschnitt vor seinem geistigen Auge, die gleichsam auf seine innere Leinwand projiziert wurden. Mit allen Nuancen. Die Fotografie vergilbte mit der Zeit, aber die Bilder in seinem Kopf nie. Und er sah sich diesen inneren Film häufig an. Vielleicht zu oft. Es reichte schon, dass er die Augen schloss, und er sah alles im Detail als wär's erst gestern gewesen und nicht vor dreißig Jahren.

Jonathan wurde aus seinen Gedanken herausgerissen. Aus den Nebelschwaden, die jetzt wie ein grauer, undurchsichtiger Schleier über dem Kanal hingen, tauchte eine Gondel auf. Leicht schaukelnd fuhr sie an seinem Fenster vorbei. Geräuschlos ruderte der Gondoliere in Richtung der *Ponte di Rialto*. Er war in Weiß gekleidet. Sein Kunde, der auf dem Sitz in der Mitte des Bootes saß, hingegen ganz in Schwarz. Dieser richtete sich plötzlich auf. Obschon der Gondoliere ihn mit eindeutigen Gesten ermahnte, sich wieder hinzusetzen, damit er nicht das Gleichgewicht verliere und ins Wasser falle, blieb er stehen. Er trug einen langen Wintermantel und auf dem Kopf einen Hut. Reglos wie eine Statue stand er da. Jonathan schien es, als würde er ihn anstarren. Er kam ihm bekannt vor und Jonathan überlegte, wo er ihm schon begegnet sein mochte. Plötzlich erinnerte er sich an die Gestalt, die er in der Gasse in einer der zahlreichen Türen verschwinden sah. Auch sie trug einen schwarzen Mantel und einen Hut auf dem Kopf. Doch er bezweifelte, dass es sich um denselben Menschen handelte. Ausgeschlossen war es allerdings nicht, aber doch unwahrscheinlich. Vielleicht war es nur eine Einbildung. Er strengte seine Augen an. Der Hut warf einen Schatten auf das Gesicht des Mannes. Ein schwacher Lichtpunkt, der periodisch aufleuchtete und kurz sein Gesicht beleuchtete, deutete darauf hin, dass er eine Zigarre rauchte. Die Glut war jedoch nicht hell genug, als dass man ihn in der Dunkelheit klar hätte erkennen können. Genauso lautlos, wie die Gondel aus dem

Nebel kam, verschwand sie auch. Der Spuk war vorbei. Jonathan starrte auf die Nebelschwaden über dem Kanal. Und er zweifelte an der Echtheit der Erscheinung. War das Auftauchen und Verschwinden der Gondel mit den beiden Männern bloß eine Einbildung meiner überreizten Sinne? fragte er sich etwas beunruhigt. Ein übles Spiel meiner Fantasie und meines übermüdeten Körpers? Den ganzen Tag war er auf den Beinen gewesen, war von einem Ort zum anderen gehetzt. Jetzt spürte er eine bleierne Müdigkeit. Er blickte auf seine Armbanduhr. Mitternacht. Je mehr er über die Erscheinung nachdachte, desto mehr kam er zur Überzeugung, dass er sich das Ganze bloß eingebildet hatte. Wer würde schon so spät in der Nacht in dieser feuchten Kälte zum Spaß mit der Gondel auf dem Kanal herumfahren? Höchstens ein Verrückter. Vielleicht war es ein Irrer. Das Bild der Gondel mit dem Mann im schwarzen Mantel fand er seltsam bedrückend. Es erinnerte ihn an Böcklins *Toteninsel*, ein Ölbild, das er vor Jahren im Basler Kunstmuseum gesehen hatte, als er an der dortigen Universität zu einem Vortrag über italienische Barockmusik eingeladen war. Der Unterschied bestand nur darin, dass die Gestalt auf dem Bild ein weißes Tuch umhüllte. Aber die morbide Stimmung des Gemäldes hatte eine verblüffende Ähnlichkeit mit der Erscheinung auf dem Kanal. Es war eine Metapher der Überfahrt ins Reich der Schatten. Das erinnerte ihn an die eigene Endlichkeit, und es wirkte wie die Ankündigung des nahenden Todes. Der russische Komponist Sergej Rachmaninow war von Böcklins Bild derart fasziniert gewesen, dass er es vertont hatte. Wie er einmal sagte, hatte er eine schwarz-weiße Kopie des Gemäldes in einer Zeitschrift gesehen, als er in Deutschland auf einer Konzerttournee war. Es sei die reinste Inspiration für ihn gewesen. Als er später im Basler Museum vor dem Original stand, war er enttäuscht. Und überzeugt, dass er das Stück nicht komponiert hätte, wenn er damals das Originalbild gesehen hätte. Er hatte seinem symphonischen Gedicht denselben Titel gegeben: *Die Toteninsel.* Jonathan dachte noch eine Weile nach. Ein schlechtes Omen? Doch dann ging es ihm zu weit.

«Ach, was soll das!», flüsterte er vor sich hin. «Der Teufel soll den Kerl mit seinem Gondoliere und der pechschwarzen Gondel holen!»

Es ärgerte ihn, dass er nicht sicher war, ob er sich das nicht nur eingebildet hatte. War es die Wirklichkeit oder bloß eine Fata Morgana? Aber was ist schon die Wirklichkeit? Gibt es nicht unzählige Wirklichkeiten? Es kommt einzig auf die Perspektive an. Warum spricht man dauernd über die Wirklichkeit, wenn es keine allgemein gültige Wirklichkeit gibt? Sie ist nur ein Wort. Ein Trug wie die Tagestraumbilder, von denen ich in letzter Zeit immer wieder heimgesucht werde. Ob es sich da um eine Art Halluzination handelt? Eine seltsame Projektion meines Unbewussten? Er gähnte und hängte seine Kleider an einen Bügel im Kleiderschrank. Dann zog er seinen Pyjama an, putzte sich die Zähne. Dabei schaute er widerwillig auf sein Gesicht im Spiegel. Es erschreckte ihn. Falten, Altersflecken auf den Wangen. Einzig die blauen Augen strahlten mit der gleichen Kraft und Vitalität. Sie schienen nicht zu altern, obschon ihre Sehkraft langsam nachließ, was er beim Lesen immer wieder feststellen musste. Die Buchstaben waren von Tag zu Tag unschärfer geworden, sodass er sich gezwungen sah, einen Augenarzt aufzusuchen. Dieser riet ihm, sich eine billige Lesebrille im Kaufhaus zu besorgen. Für eine Korrekturbrille sei es zu früh. Zum Glück sah er in die Ferne immer noch relativ gut. Er legte sich ins Bett und schlief bald ein.

# 4

Grau war der Himmel, als Jonathan am frühen Nachmittag aufwachte. Die Nebelschwaden hatten sich aufgelöst. Diesmal hatte er traumlos geschlafen. Leise vor sich hin pfeifend zog er sich an und rasierte sich. Die Welt kam ihm freundlicher vor als am vergangenen Tag. An der Rezeption verlangte er eine Stadtkarte. Der Concierge Loredano zeigte sich fast übertrieben freundlich. Mit einem Kreuz markierte er die Osteria *Alla Frasca* in *Cannaregio,* ein ausgezeichnetes, auf Fisch und Meeresfrüchte spezialisiertes Restaurant. Er hatte ihm auch eine Boutique in einem anderen Stadtteil wärmstens empfohlen. Man könne dort Männerkleider von berühmten italienischen und französischen Modeschöpfern kaufen. Er sparte nicht mit Superlativen.

«Richten Sie den Besitzern einen Gruß von mir aus. Und vergessen Sie nicht, meinen Namen zu erwähnen. Sie werden sich freuen wieder etwas von mir zu hören. Wissen Sie, im Hotelbetrieb gibt es so viel zu tun, dass ich nur selten dazukomme, sie zu besuchen, obschon sie im Grunde nicht gar so weit von hier wohnen. Aber eben, zuerst müssen die Brötchen verdient werden. Das hat die absolute Priorität. Keiner bekommt etwas umsonst, nicht wahr? Für alles muss man hart arbeiten. *E la vita, signore.*»

«Absolut richtig», sagte Jonathan lächelnd.

«Jawohl, so ist die Welt eben. Das lässt sich nicht ändern», gab Loredano mit einem theatralischen Seufzer zurück.

Jonathan musste innerlich lachen. Er war überzeugt davon, dass die beiden Geschäfte Loredanos Verwandten gehörten und er für seine Empfehlungen an die Hotelgäste eine Provision bekam.

«Übrigens», fragte er beiläufig, «warum haben Sie mir nicht mitgeteilt, dass ein Handwerker in mein Zimmer kommen würde um den Heizkörper zu kontrollieren?»

«Ich weiß nichts von einem Handwerker», schüttelte Loredano den Kopf.

«Interessant … Als ich gestern ins Zimmer kam, war dort ein Handwerker. Und er behauptete, Sie hätten ihn engagiert alle Radiatoren im ganzen Hotel zu überprüfen.»

«Ich habe Ihnen doch gerade gesagt, dass ich keinen Handwerker kommen ließ. Reicht das denn nicht? Sind Sie sicher, dass es ein Handwerker war?»

«Er trug einen blauen Overall und hielt ein Werkzeug in der Hand.»

Loredano schaute ihm direkt in die Augen. «Ein blauer Overall und ein Werkzeug in der Hand machen noch lange keinen Handwerker. Es ist merkwürdig, dass ich ihn nicht bemerkt habe. Ich hätte ihn doch sehen müssen.»

Jonathan sah ihn aufmerksam an. Es hatte nicht den Eindruck, dass Loredano lügen würde. Und es berührte ihn merkwürdig, dass dieser den Handwerker oder wer immer es sein mochte, nicht gesehen hatte.

«Gibt es außer dem Haupteingang noch einen anderen Zugang zum Hotel?»

«Freilich, den Personaleingang.»

«An Ihrer Stelle würde ich ihn absperren und den Angestellten einen Schlüssel geben.»

«Was Sie nicht sagen! Alle, die hier arbeiten, haben einen Schlüssel», entgegnete Loredano gereizt. «Ich befürchte, dass Sie über den Hotelbetrieb nicht besonders gut informiert sind,

Signore, und dazu auch noch eine überaus bunte Fantasie besitzen ...»

Jonathan war sprachlos. Es schien sinnlos mit Loredano über dieses Thema weiterzureden, und es ärgerte ihn, dass dieser ihm nicht glauben wollte. War er ein gewiefter Lügner, dem man nichts anmerkte, wenn er log? Gut möglich. Was ging da vor?

In einer Bar bestellte Jonathan einen Cappuccino und eine Brioche. Am Fenster sitzend nahm er sein verspätetes Frühstück ein. Dann schlenderte er durch die Gassen an kleinen Läden vorbei, in denen man von billigen Souvenirs Made in China, bis zu teuren Juwelen, Kunst und Kleidern alles kaufen konnte. Allerdings waren die meisten Geschäfte geschlossen.

Jonathan beschloss, mit dem Vaporetto auf die Insel San Michele, den Friedhof von Venedig, zu fahren. Nicht nur sein Lieblingsdichter, der das wunderbare Buch über Venedig geschrieben hatte, auch Igor Strawinsky, Nurejew und Serge Diagilew hatten dort ihre letzte Ruhe gefunden. Jonathan überlegte, ob er zuerst die Ruhestätte des Dichters besuchen sollte, doch dann entschied er sich für Strawinskys Grab. Es war ihm seit dem Studium bekannt, dass der Komponist mit dem Choreografen Diagilew im Paris der Zwanzigerjahre das Ballett erneuert hatte. Zusammen schrieben sie Ballettgeschichte. Das russische Ballettensemble war beliebt beim Pariser Publikum. Strawinskys Ballette *Feuervogel*, *Petruschka* und *Le sacre du printemps* entstanden in Diagilews Auftrag, und die neuartige Musik begründete den Weltruhm des Komponisten. Die ersten zwei Ballette hatten einen durchschlagenden Erfolg. *Le sacre du printemps* fiel beim Publikum jedoch durch. Bei der Uraufführung gab es einen Skandal, begleitet von einer Schlägerei. Die Musik verwirrte gleichermaßen das Publikum und die Kritiker, die das Ballett in den Zeitungen lustvoll verrissen. Jonathan konnte diese Reaktion nicht nachvollziehen. Aus heutiger Sicht war das schwer zu begreifen. Er bewunderte Strawinskys Musik. Als er vor vielen Jahren in Venedig weilte, hatte er das Grab des Komponisten besucht und einen runden Kieselstein auf die Grabplatte gelegt. Die stille, zeitlose Atmosphäre auf der Insel hatte es ihm angetan.

Es war windig. Wie eine Nussschale schaukelte das Boot auf dem Wasser. Schon von Weitem sah man die verwitterten Mauern aus gebrannten Ziegeln. Dunkelgrüne Zypressen standen kerzengerade hinter den Mauern, als hielten sie über den Gräbern Wache. Das Boot legte vor dem Eingangstor an, und Jonathan ging an Land. Er schaute kurz dem abfahrenden Vaporetto nach. Außer ihm waren noch drei alte Frauen in schwarzen Kleidern ausgestiegen. Er betrat den Friedhof. Sie schlurften ihm nach. Es kam ihm merkwürdig vor, dass er sie im Boot nicht bemerkt hatte. Er beschleunigte seine Schritte. Nach einer Weile schaute er sich um. Die Frauen waren verschwunden. Jetzt war er allein. Er konnte sich noch erinnern, dass Strawinskys Grab im hintersten Teil des Friedhofs lag. Die Wipfel der Zypressen bewegten sich leicht im Wind. Jonathan zog seine Mütze in die Stirn, froh, dass er sie mitgenommen hatte.

In Gedanken versunken stand Jonathan am Strawinskys Grab. Es bestand aus einem schlichten Grabstein mit eingraviertem Namen des Komponisten. Auf seinen Wunsch wurde er neben seiner verstorbenen Frau beigesetzt, die Jahre vor ihm gestorben war. Sie hatte es mit ihm nicht leicht. Er unterhielt zahlreiche Affären mit anderen Frauen. Coco Chanel, die Modeschöpferin und Erfinderin des Chanel No. 5 Parfums, war eine von ihnen. Sie hatte der Uraufführung des *Le sacre du*

*printemps* im Theater beigewohnt und war so hingerissen von
Strawinskys Musik, dass sie ihn und seine Familie in ihr luxu-
riöses Haus einlud und ihm anerbot, bei ihr zu wohnen. Strawinsky nahm die Einladung gerne an. In jener Zeit war er ja
nicht gerade auf Rosen gebettet. Eine Liaison mit Coco war für
ihn fast unvermeidbar, aber deswegen verließ er seine Frau nicht.
Er hielt zu ihr bis zu ihrem Tod.

Erfreut sah Jonathan seinen Kieselstein immer noch auf
der Grabplatte liegen. An derselben Stelle, auf die er ihn vor
dreißig Jahren gelegt hatte. Vom Regen sauber gewaschen lag
er zwischen den Kieselsteinen anderer Strawinsky-Bewunderer.
Er erkannte ihn an den weißen Quarz-Adern in der Form eines
Kreuzes auf dessen dunkelgrauer Oberfläche. In Jonathans innerem Ohr erklang das Thema der Einleitung zum Ballett *Le
sacre du printemps*, eine sehnsuchtsvolle Melodie, gespielt auf
dem Fagott in der Schalmei-Lage. Kurz vor dem Einsatz des
Orchesters wurde er durch ein Geräusch aus seinen Gedanken
herausgerissen. Auf dem Kieselsteinweg vernahm er Schritte.
Er sah sich nicht um, weil er nicht ängstlich wirken wollte. Direkt hinter ihm hörten die Schrittgeräusche auf. Erst jetzt
schaute sich Jonathan um und zuckte zusammen, als er einen
relativ kleinen Mann mit dunkelgrünem Hut und einem
Wintermantel gleicher Farbe erblickte. Im ersten Moment
hatte er das Gefühl, dass es sich um denselben Menschen handelte, der in der Nacht auf der Gondel an seinem Fenster
vorbeifahren war. Der gleiche Hut, der gleiche Mantel. Allerdings hatte der Mantel in der Nacht schwarz gewirkt. Er betrachtete den Fremden. Große stechend schwarze Augen, eine
prominente Nase, ein schmaler Mund, der unter seinem grauen
Vollbart fast verschwand, sonnengegerbte Haut wie die eines
Südländers, das Gesicht voller Falten.

Der Fremde schaute ihn ruhig an.

«Ich hoffe, ich habe Sie nicht erschreckt.»

«Warum sollten Sie mich denn erschrecken?», fragte Jonathan.

«Dann ist es ja gut», meinte der Fremde trocken. «War ein großartiger Komponist, dieser Strawinsky, nicht wahr?»

«Einer der besten im 20. Jahrhundert», pflichtete Jonathan ihm bei. «Wer seine Musik nicht kennt, hat etwas verpasst.» Er war verunsichert. Jetzt konnte er erst recht nicht mehr entscheiden, ob hier wirklich der Mann aus der nächtlichen Gondel vor ihm stand. Sein Gesicht hatte er in der Dunkelheit nicht gesehen. Und dunkle Hüte und Mäntel trugen die meisten alten Männer.

«*Petruschka* ist mein Lieblingsballett von Strawinsky», bemerkte der Fremde. «Schon die Einleitung ist eine Musik, die ihrer Zeit weit voraus war.»

«Sie gehört auch zu meinen Lieblingsstücken von ihm», sagte Jonathan, «eine farbige Musik, lebendig und abwechslungsreich, eingängige Melodien und Rhythmen. Man hat das Gefühl, als würde man sie schon lange kennen. Sie hat etwas Archaisches, das jedermann in sich trägt, ohne sich dessen bewusst zu sein.»

«Das denke ich auch. Ein wahres Wunder, diese Musik», sagte der Fremde. «Erstaunlich scheint mir immer wieder, dass darin verschiedene russische Volkslieder verarbeitet sind. Aber es enthält, wie Sie bestimmt wissen, auch ein Schweizer Volkslied, eines aus dem Kanton Waadt. Als Strawinsky während des Ersten Weltkrieges in der neutralen Schweiz Zuflucht suchte, ließ er sich auch von der dortigen Volksmusik inspirieren.»

«Das ist mir bekannt», sagte Jonathan, «er war mit dem Waadtländer Schriftsteller Ramuz befreundet und vertonte seine Erzählung *L'histoire du soldat.* Ansermet, der Schweizer Dirigent, hatte mit dem *Orchestre de la Suisse Romande* mehrere Werke von Strawinsky uraufgeführt.»

«Sie scheinen bestens informiert zu sein», lächelte der Fremde und sein Lächeln wirkte sympathisch. Während sie sich über den russischen Komponisten noch eine Weile unterhielten, setzte ein kalter Nieselregen ein. Der Fremde spannte seinen Regenschirm auf.

«Kommen Sie. Unter meinem Schirm ist genügend Platz für zwei. Ich nehme nicht an, dass Sie nass werden wollen.»

Jonathan hatte den seinen im Hotel vergessen und nahm nun das Angebot gerne an. Sie unterhielten sich weiter über Strawinsky und seine Bedeutung in der Musikgeschichte des 20. Jahrhunderts. Der Tag neigte sich dem Ende zu. Der Fremde blickte auf seine goldene Uhr.

«Höchste Zeit zurückzufahren. Die Boote halten hier nur tagsüber an. Am Abend wird der Friedhof geschlossen. Soviel ich weiß, fährt in fünf Minuten ein Boot zurück. Haben Sie schon einen Kieselstein auf Strawinskys Grab gelegt?»

«Ja, das habe ich», schmunzelte Jonathan, «vor dreißig Jahren.»

«Ah! Sie waren also schon vor so langer Zeit einmal hier? Und das nur, um das Grab des Komponisten zu besuchen?»

Der Fremde sah Jonathan forschend an und schlug dann mit seinem Begleiter langsam den Weg zur Anlegestelle ein.

«Nicht nur. Aber das ist eine andere Geschichte, über die ich jetzt nicht reden mag», sagte Jonathan.

«Ich verstehe», sagte der Fremde.

Jonathan hielt Schritt mit ihm. Kaum hatten sie die Mole vor dem Friedhofstor erreicht, tauchte aus dem Nebel ein Vaporetto auf. Sie stiegen an Bord und das Boot fuhr weiter.

Jetzt regnete es heftig. Regentropfen peitschten an die Boots-fenster. Das Regenwasser floss in kleinen Bächen über die Fensterscheiben. Die Konturen der Insel sahen verschwommen aus, bald lösten sie sich in der aufkommenden Dunkelheit ganz auf.

«Ich sollte irgendwo etwas essen», sagte der Fremde. «Haben Sie auch Hunger?»

«Ja», antwortete Jonathan. Erst jetzt erinnerte er sich daran, dass er seit seinem späten Frühstück nichts mehr zu sich genommen hatte.

«Das trifft sich gut», sagte der Fremde. «Ich kenne ein ausgezeichnetes Restaurant, das auf Fisch und Meeresfrüchte spezialisiert ist. Hätten Sie Lust mitzukommen? Wir könnten dort unser Gespräch über Strawinsky fortsetzen, wenn Sie mögen.»

Ohne zu zögern, sagte Jonathan zu.

# 5

Das Boot bog in den *Canal Grande* ein, fuhr an den träumenden Palazzi und schweigenden Brücken vorbei. In einigen Fenstern brannte orangefarbenes Licht. Es erweckte den Eindruck, als leuchtete man in den Häusern mit Kerzen wie in den goldenen Zeiten der Serenissima. Das Licht flackerte auf der dunklen, leicht gekräuselten Wasseroberfläche des Kanals. Es hörte ganz auf zu regnen. An einer Haltestelle, kurz nach der *Ponte di Rialto*, bat der Fremde Jonathan auszusteigen. Entschuldigend erklärte er, dass sie das letzte Stück zu Fuß zurücklegen müssten, aber er denke, dass ein bisschen Bewegung nicht schaden könne. Heutzutage sitze man zu viel und die sitzende Lebensweise sei ein Gift für den Körper. Sie führe zu physischer und psychischer Trägheit. Man verkalke, was für die Lebensqualität nicht besonders förderlich sei, im Gegenteil: Man altere vorzeitig und werde senil, und das sei ganz gewiss nicht erstrebenswert. Nicht umsonst hätten die Römer das Sprichwort «*Mens sana in corpore sano*» geprägt. Ihr Ideal sei das Gleichgewicht der Psyche und der Physis gewesen. Und sie hätten versucht, die beiden Komponenten der Gesundheit in optimaler Harmonie zu halten. Darauf hätten sie großen Wert gelegt. Das sei ihre Stärke gewesen, die ihnen dazu verholfen habe, das mächtige *Imperium Romanum* aufzubauen und dieses jahrhundertelang zu halten und zu regieren.

Ohne nennenswerte Umwege führte er Jonathan durch das Labyrinth der Gassen zum Fischrestaurant. Dieser musste lachen, als er das Aushängeschild sah: *Osteria Alla Frasca*.

«Was gibt es hier zu lachen?», fragte der Fremde verwundert.

«Sie werden es mir nicht glauben, aber als ich an der Rezeption meines Hotels nach einem guten Restaurant fragte, hat man mir diese Osteria empfohlen», sagte Jonathan.

«Dann trifft es sich gut», meinte der Fremde trocken.

Sie ließen ihre feuchten Mäntel und den Regenschirm in der Garderobe. Jonathan nahm aus der Manteltasche das Buch seines Lieblingsdichters heraus. Er wollte es nicht verlieren, was leicht vorkommen könnte, denn die Garderobe war unbewacht. An den Seitenrändern des Bandes hatte er zahlreiche Bemerkungen eingetragen, womit es für ihn unersetzlich wurde.

Das Restaurant war überraschend gut frequentiert. Von einem höflich lächelnden Kellner wurden sie zu einem Tisch in einer Ecke geführt.

«Ich hoffe, Sie haben nichts dagegen, wenn Sie dieses Mal an einem anderen Tisch Platz nehmen müssen, Herr Doktor. Heute haben wir eine größere Gesellschaft, und ich sah mich gezwungen, Ihren bevorzugten Tisch der Gruppe zu überlassen, damit alle zusammensitzen können. Ich bin untröstlich, aber ich hatte Sie heute Abend nicht erwartet», erklärte er, und der Fremde nickte wohlwollend, als wollte er andeuten, dass es ihm nichts ausmache.

«Ich bringe Ihnen sofort die Speisekarte», sagte der Kellner.

«Was können Sie uns heute empfehlen?», fragte der Fremde.

«Als *Primo* eine Portion frische Venus-, Jakobs- oder Miesmuscheln. Als *Secondo* ein ausgezeichnetes *Baccalà Mantecato*», er wandte sich an Jonathan und erklärte: «Das ist ein frischer Kabeljau, der mit Olivenöl und Knoblauch gewürzt zu einer feinen cremigen Masse verarbeitet wird. Als Beilage gibt es dazu goldene Polentaschnitten. Und zum Trinken einen guten Tropfen aus dem Friaul. Das ist traditionelle venezianische Küche, mein Herr, zubereitet von einem echten venezianischen Koch.»

«Das klingt gut», sagte der Fremde zufrieden, und zu Jonathan gewandt: «Was meinen Sie dazu?»

«Ich lasse mich gern überraschen», sagte Jonathan.

«Vielen Dank für Ihren Vorschlag. Aber ist der Fisch auch frisch?», fragte der Fremde und zwinkerte dabei Jonathan zu.

«Frischer gehts nicht mehr», sagte der Kellner, «es ist der Fischfang von der letzten Nacht. Unser Koch hat die Fische am frühen Vormittag auf dem Fischmarkt gekauft. Am Verkaufsstand eines mit ihm verwandten Fischers. Dieser würde sich schämen, ihm Fische zu verkaufen, die nicht absolut frisch wären. Und die Muscheln wurden uns heute Nachmittag geliefert. Wenn Sie noch frischere Meeresfrüchte und Fische haben wollen, dann müssen Sie sich bequemen, ins Meer zu springen, um sie lebendig unterm Wasser zu verzehren.»

Der Fremde lachte. «Na gut, Sie haben mich überzeugt. Zweimal das von Ihnen vorgeschlagene Menü bitte. Über das Dolce können wir uns später unterhalten.»

«Sehr wohl, Herr Doktor, und glauben Sie mir: Sie werden nicht enttäuscht sein. Nehmen Sie einen *Aperitivo*?», sagte der Kellner.

«Gern. Bringen Sie uns bitte ein paar warme *Cicchetti* mit Krebsfleisch und dazu ein Glas Weißwein, aber bitte nicht von derselben Sorte, die Sie zum *Secondo* auftischen wollen.»

«Aber selbstverständlich», sagte der Kellner und eilte in die Küche, um die Bestellungen aufzugeben.

«Haben Sie schon venezianische *Cicchetti* gegessen?», fragte der Fremde.

Verneinend schüttelte Jonathan den Kopf.

«Da bin ich mir sicher, dass sie Ihnen schmecken werden. Es handelt sich um geröstete Brot- oder Polentascheiben, die mit zahlreichen Geschmacksvarianten angerichtet werden, so zum Beispiel mit frittierten Krebsscheren oder kleinen Moschuskraken oder marinierten Sardellen. Manchmal auch mit Wurst und Käse. Aber hier sind wir in einem Fischrestaurant, sodass ich mir erlaubt habe, Krebsfleisch zu wählen. Ich hoffe, dass ich Sie mit meiner Eigenmächtigkeit nicht vor den Kopf gestoßen habe.»

«Ganz im Gegenteil!», rief Jonathan. «Ich habe nichts dagegen, etwas Neues auszuprobieren. Wie ich sehe, sind Sie in diesem Restaurant kein Unbekannter.»

«Es ist jetzt das achtzehnte Mal, dass ich hier zu Abend esse», entgegnete der Fremde. «Ich mag Fischspeisen und die *Osteria Alla Frasca* ist ohne Zweifel eine der besten Adressen für Meeresfrüchte in dieser Stadt.»

«Sind Sie schon lange in Venedig?», wollte Jonathan wissen.

«Seit zwei Monaten. Der Winter ist die ruhigste Zeit. Das ermöglicht mir, ungestört bis zu den Ohren in die Atmosphäre dieser einzigartigen Stadt einzutauchen, ohne den widerlichen Touristenrummel ertragen zu müssen. Eigentlich wollte ich schon nach Deutschland zurückfahren, aber diesmal habe ich mich entschlossen eine Ausnahme zu machen und werde bis zum *Carnevale* hierbleiben. Stellen Sie sich nur vor, dass ich zum zehnten Mal in Venedig bin, und ich habe den Karneval immer noch nicht erlebt! Das will ich jetzt nachholen. Vielleicht ist es das letzte Mal, dass ich hierhergekommen bin.»

«Ich bin erst seit ein paar Tagen hier», sagte Jonathan. «Auch ich wollte mir die Stadt noch einmal ansehen. Vielleicht auch das letzte Mal? Wer weiß, wie lange ich noch zu leben habe.»

Der Fremde hob die Augenbrauen.

«Warum dieser Pessimismus? Sie sehen noch jung und kerngesund aus. Ich würde wetten, dass Sie viel jünger sind als ich.»

«Das kann ich schwer beurteilen, aber glauben Sie mir: Mein Aussehen täuscht», sagte Jonathan. «Ich war vor dreißig Jahren zur selben Jahreszeit in Venedig und habe hier eine unvergessliche Woche erlebt.»

«Vor dreißig Jahren, haben Sie gesagt?», fragte der Fremde mit erwachtem Interesse.

«Ja. Warum fragen Sie?»

«Ich habe vor genau dreißig Jahren auch etwas erlebt, das mit dieser Stadt eng verbunden war, und es hat mein Leben völlig verändert. Wenn das nicht ein Zufall ist! Aber es ist nur die Anzahl der Jahre, die mich daran erinnerte, bitte messen Sie dem keine Bedeutung zu. Ich bin ein hoffnungsloser Zahlenfetischist, wissen Sie, manchmal komme ich mir vor wie Johann Sebastian Bach, der angeblich verschiedene mystische Zahlenverhältnisse in seine Kompositionen eingebaut hat. Das wird zumindest von einigen ernst zu nehmenden Musikwissenschaftlern behauptet, die sich ein Leben lang mit Bach und seinem Werk befasst haben. Vielleicht ist seine Musik deswegen so ausgeglichen und mathematisch perfekt geformt», sagte der Fremde.

«Sind Sie Musikwissenschaftler, dass Sie so gut informiert sind?», fragte Jonathan.

«Ach woher!», schmunzelte der Fremde. «Ich bin Mediziner, besser gesagt, ich war es. Jetzt bin ich nur noch ein Arzt im Ruhestand. Aber ich habe mich schon immer für die Kunst interessiert. Ich lasse kein Sinfoniekonzert in meiner Heimatstadt aus, sammle Bilder, lese gute Bücher. Das bereichert mein Leben. Ich könnte mir nicht vorstellen, was ich heute tun würde, wenn ich das nicht hätte. Da wäre mein Leben unerträglich eintönig, denke ich. Aber warum diese Frage?»

«Weil ich Musikwissenschaftler bin, und das wäre der Zufälle wohl ein bisschen zu viel gewesen.»

Der Fremde sah ihn vergnügt an.

«Da muss ich Ihnen beipflichten. Das wäre tatsächlich eine ungewöhnliche Anhäufung seltsamer Zufälle. So etwas kommt höchstens in amateurhaft konstruierten Dreigroschenromanen vor. In der Wirklichkeit, was immer das Wort bedeuten mag, gibt es solche Zufälle nicht. Oder sagen wir lieber, fast nicht.»

«Ich hätte nie gedacht, dass ich einmal jemandem begegnen würde, der die Worte hinterfragt, sie auf die Waage legt und auf ihre Bedeutung hin durchleuchtet. Genau das ist mein zweites Hobby», sagte Jonathan.

«Es freut mich, eine verwandte Seele getroffen zu haben», gab der Fremde zurück. «Die meisten Leute besitzen ein bestimmtes Vokabular, aber sie denken nie über die einzelnen Begriffe nach. Sie sind zu bequem, um sie auf ihren Inhalt zu prüfen. Das ist jammerschade, denn manche Wörter sind unglaublich vielschichtig. Aber das sind Menschen, die es gewohnt sind, nichts zu hinterfragen. Sie können sich zum Beispiel das Leben ohne ein Auto nicht vorstellen. Doch sie wissen nicht einmal, wo sich der Motor befindet und aus welchen Teilen er besteht.»

Jonathan lachte. «Genauso verhält es sich mit den Computerbenutzern. Sie brauchen ihn jeden Tag, ohne die geringste Ahnung zu haben, wie er funktioniert. Auf die Frage, ob sie wissen, woraus ein Computer besteht, antworten sie verlegen: Ich bin nur ein User.»

«Die Welt ist voll solcher User», sagte der Fremde amüsiert. «In jeder Berufssparte gibt es viele davon. Aber man kann es ihnen nicht verübeln. Sie haben so viel Stress in ihrem Arbeitsalltag, müssen so viel Fachliteratur lesen, um à jour zu bleiben, dass ihnen keine Zeit bleibt, sich mit den Innereien eines Computers oder mit linguistischen Spitzfindigkeiten zu befassen. Den zusätzlichen Stress vermeiden sie lieber, weil sie ihn nicht verkraften würden.»

Jonathan fragte, ob er als praktizierender Arzt auch so gedacht und gehandelt habe.

Der Fremde schwieg eine Weile.

«Ich gebe zu», sagte er schließlich, «dass ich vor meinem Ruhestand ebenfalls wenig Zeit hatte. Ich hatte sehr viel Stress. Aber meine Neugier war immer stärker. Sie zwang mich, über alles nachzudenken und mir alles von innen anzuschauen. Das mache ich bis heute. Jetzt habe ich genügend Zeit für alles. Ich will wissen, wie eine Speise, die mir gut schmeckt, zubereitet wird oder welche weitere Bedeutung ein bestimmtes Wort hat.

Ausdrücke, die ich täglich gebrauche, habe ich alle bereits analysiert. Vielleicht liegt es daran, dass ich Chirurg war, und als solcher wollte ich schon immer das Innere der Dinge sehen und verstehen. Das ist auch der Grund meiner vielen Reisen nach Venedig.»

Forschend blickte er Jonathan in die Augen.

«Warum sind Sie nach Venedig gekommen? Und das ausgerechnet jetzt, in dieser kalten Zeit zwischen den Saisons?»

«Ich habe mehrere Gründe, warum ich hier bin», sagte Jonathan. Er legte das Buch seines Lieblingsdichters auf den Tisch.

«Einer davon ist das da.»

Der Fremde warf einen Blick auf den Umschlag und las den Titel.

«Kenne ich leider nicht. Aber der Titel gefällt mir. Sind wir nicht alle auf eine Art verloren und suchen nach einem Ufer, auf dem wir uns finden könnten? Verloren im Nebel des Lebens. Es gibt verschiedene Begebenheiten, die man nicht versteht. Allzu oft fehlen uns die Zusammenhänge. Wir begreifen nicht, warum dies oder jenes geschehen ist und eine plausible Erklärung fehlt. Das ist doch ärgerlich, nicht wahr?»

Er nahm das Buch in die Hand. «Das Foto passt ausgezeichnet zum Thema», sagte er und gab es Jonathan zurück. «Dürfte ich auch die anderen Gründe erfahren?" Seine Augen leuchteten auf vor Neugier.

«Strawinskys Grab», sagte Jonathan. «Das wollte ich als Erstes besuchen. Übrigens hat auch dieser Dichter auf der *Isola di San Michele* seine letzte Ruhestätte gefunden. Sein Grab werde ich mir demnächst auch noch ansehen.»

«Selbstverständlich, das sollten Sie unbedingt tun, wenn er Ihnen so viel bedeutet. Ich hatte mich gewundert, Ihnen auf

*San Michele* zu begegnen. Und dazu noch bei diesem kalten und regnerischen Wetter», grinste der Fremde. «Sehen Sie, ich hatte es bereits fast vergessen, dass wir uns dort getroffen haben. Ist es nicht erstaunlich, wie das Kurzzeitgedächtnis mit zunehmendem Alter nachlässt? Das finde ich manchmal fast beängstigend.»

«Haben wir denn eine andere Wahl?», fragte Jonathan.

«Schön wär's!», sagte der Fremde.

«Ein weiterer Grund, warum ich die *Isola di San Michele* besucht habe, ist eine Frau.»

Überrascht schaute der Fremde Jonathan an.

«Eine Frau? Haben Sie mit ihr ausgerechnet auf *San Michele*, einem Friedhof, abgemacht? Bei diesem miesen Wetter? Das scheint mir nicht sehr romantisch zu sein.»

«Natürlich nicht.»

«Also wird sie noch nach Venedig kommen?»

«Das ist leider nicht möglich.»

«Warum denn nicht?»

«Eine komplizierte Geschichte.»

«Sie haben mich neugierig gemacht. Eine Liebe in Venedig. Das hört sich gut an. Es wäre ein passender Titel für eine melodramatische Novelle. Solche Geschichten lese ich gern, und …»

Die Ankunft des Kellners unterbrach das Gespräch.

«Ihre *Cicchetti*, dazu ein Pinot Bianco, ein ausgezeichneter Weißwein aus dem Friaul, zum *Secondo* empfehle ich den ebenso hervorragenden Sauvignon Blanc aus demselben Weingebiet. Wollen Sie wieder nur ein Glas Wein, Herr Doktor?»

«Bringen Sie uns die ganze Flasche, bitte», sagte der Fremde bestimmt.

«Sehr wohl, Herr Doktor, ich wünsche einen guten Appetit!», sagte der Kellner und entfernte sich eiligst.

Sie fingen an zu essen.

«Wie finden Sie es?», fragte der Fremde.

«Ausgezeichnet», sagte Jonathan anerkennend. «Eigentlich ist es eine Art *Bruschetta* mit Krabbenfleisch.»

«Sie sagen es», schmunzelte der Fremde. «Die Venezianer essen nicht so schlecht, nicht wahr?»

«Das kann man wohl sagen», lächelte Jonathan. Es war zwar nicht seine Gewohnheit, mit vollem Mund zu reden, aber er hatte Hunger und keine Lust zu warten, bis er den Bissen zerkaut und geschluckt hatte.

Der Fremde erhob sein Glas.

«*Salute*!»

Sie stießen an und tranken. Überrascht schaute Jonathan den Fremden an.

«Ein wunderbarer Tropfen, passt ausgezeichnet zum *Cicchetti*.»

«Das ist wahr. Übrigens, es ist an der Zeit, dass ich mich vorstelle. Ich heiße Jakob Kräftig, nennen Sie mich nur Jakob», sagte der Fremde, bevor er das Glas auf die Tischplatte stellte. Der Kellner tauchte auf mit der angebrochenen Flasche in der Hand. Er stellte sie auf den Tisch und ging wieder weg.

Jonathan reichte Jakob die Hand.

«Jonathan. Jonathan Gut.»

«Darauf müssen wir noch einmal anstoßen», sagte Jakob.

«Was zieht dich immer wieder nach Venedig?», wollte Jonathan wissen.

«Die Fresken von Tintoretto. Der Maler ist mir besonders wichtig», erklärte Jakob.

«Ich hatte vor vielen Jahren in der oberen Pfarre in Bamberg Tintorettos Altarbild *Die Auferstehung Mariens* gesehen. Nicht nur sein Stil beeindruckte mich, sondern auch die Botschaft des Malers. Ich bin mir nicht sicher, ob du das Altarbild kennst, auf dem Maria mit ausgebreiteten Armen zu Jesus hinaufschaut, und dieser, ebenfalls mit ausgebreiteten Armen, vom Himmel auf sie zufliegt?»

«Ich kenne viele Gemälde von Tintoretto, aber das leider nicht.»

«Macht nichts. Man kann unmöglich alle Bilder dieses Malers kennen», sagte Jakob. «Es gibt viele Gemälde aus der Renaissance mit demselben Thema. Was jedoch dieses Altarbild aus der Menge herausstechen lässt, ist eine aufgeschlagene Bibel, die am unteren Bildrand liegt. Es war vermutlich Tintorettos eigene Bibel, die er dort absichtlich abgebildet hatte. Es handelt sich dabei um eine Bibelübersetzung, die den Texten der Urchristen sehr nahe war und seit 1524 auf dem vatikanischen Index der verbotenen Schriften stand. Sie zu besitzen war strafbar. Der Meister hatte also eine protestantische Bibel auf ein Altarbild im katholischen Venedig gemalt. Ich fand es lustig und frech zugleich. Das zeugt eindeutig davon, dass Tintoretto ein mutiger Kerl gewesen sein muss. An Galgenhumor fehlte es ihm jedenfalls nicht, das ist sicher. Ein Glück für ihn, dass die damaligen Kirchenväter nichts gemerkt hatten! Da hätte er wenig zu lachen gehabt. Das ist einer der Gründe, warum ich ihn bewundere. Das Bild hatte damals mein Interesse an ihm geweckt. So ist es nicht weiter verwunderlich, dass ich nach Venedig reiste, wann immer ich konnte, um mir seine Originalfresken und Bilder anzuschauen. Meine Frau begann ebenfalls sich für den Maler zu interessieren, was sie mehrmals in diese Stadt führte, entweder mit mir zusammen oder allein. Sie wurde richtig besessen von Tintoretto und Venedig. Später entdeckte sie für sich auch noch Tizian und Veronese, die sie auch zu schätzen lernte, obschon sie gelesen hatte, dass die beiden Tintoretto nicht ausstehen konnten und ihm, wo immer sie eine Gelegenheit sahen, Steine in den Weg legten. Der junge Tintoretto war kurz in der Lehre bei Tizian und dieser hatte ihn rausgeschmissen, weil er ihm zu wild war und seine Arbeiten unverhohlen infrage stellte. Tizian war konservativer Natur. Er ahnte Tintorettos große Begabung, spürte, dass dieses junge Genie etwas ganz Neues in die Malerei bringen würde, und das machte ihn eifersüchtig, obschon er selber fraglos ein Meister seines Fachs war. Seltsam, diese Eifersucht unter den Künstlern, findest du nicht auch? Sie zerfrisst die Seelen großer Meister genauso wie die der belanglosen Einfaltspinsel. Dagegen scheint niemand gefeit zu sein.»

«Und nach dem Ort zu schließen, an dem wir uns begegnet sind, magst du auch Strawinskys Musik», sagte Jonathan.

«Eigentlich war ich auf San Michele wegen etwas ganz anderem», antwortete Jakob lakonisch. «Aber ich schätze den Komponisten. Er hat die Musik des zwanzigsten Jahrhunderts maßgebend geprägt, keine Frage.»

Der Kellner fragte, ob er den Hauptgang servieren dürfe und Jakob hatte nichts dagegen.

«Welchen anderen Grund für einen Ausflug auf San Michele hast du gehabt?», wollte Jonathan wissen, als der Kellner weg war.

«Ach, das ist nicht so wichtig», sagte Jakob etwas gereizt. Dann schwieg er und schaute eine Weile vor sich hin, als wäre er mit den Gedanken abwesend. Plötzlich lächelte er.

«Einmal hat mir ein alter Venezianer, mit dem ich über Tintoretto diskutiert hatte, anvertraut, dass der Maler manchmal nachts, vor allem im Winter, mit einer Gondel durch den *Canal Grande* fahre und in die Fenster der Palazzi hinein zu spähen pflege. Ein geschmackloser Voyeur, nicht wahr? Das habe er schon während seiner Lebzeiten getan. Es habe ihn angeblich zu neuen Werken inspiriert. Solches wurde damals und wird auch heute noch in Venedig gemunkelt. Selbst nach seinem Tod fahre er damit fort, und man habe ihn angeblich des Öfteren auch in der heutigen Zeit gesichtet. Nach den Zeugenaussagen stehe er reglos wie eine Statue in einer Gondel und sein weiß gekleideter Gondoliere, der absolut lautlos rudere, sehe aus wie ein echter Geist. Um Mitternacht herum seien sie jeweils unterwegs.»

Er verstummte und starrte in sein Weinglas.

«Hast du ihn auch schon gesehen?», fragte Jonathan.

Jakob schaute ihn an, als könnte er seiner Frage nicht folgen.

«Wie bitte?»

«Ob du die Gondel mit Tintoretto gesehen hast?», präzisierte Jonathan.

Jakob fing an zu lachen.

«Sag nur, dass du an solchen Unsinn glaubst! Venedig ist eine Stadt voller Schönheiten und Geheimnisse, aber Geister, die nachts mit einer Gondel über die Kanäle rudern, gibt es hier bestimmt nicht. Das ist nichts weiter als ein lächerlicher Aberglaube.»

Der Kellner räumte das Geschirr und die gebrauchten Weingläser ab. Dann brachte er den Secondo und eine Flasche Sauvignon Blanc. Er bat Jakob, den Weißen zu probieren, doch dieser lehnte ab mit der Begründung, dass er sich auf dessen langjährige Erfahrung als Kellner verlassen könne. Er sei hier mit dem Essen und Trinken immer zufrieden gewesen, und er, der Kellner, habe sein volles Vertrauen. Dieser zeigte sich sichtlich geschmeichelt, aber er bestand darauf, dass Jakob den Wein versuchen solle, denn er könnte Zapfen haben, was selbst bei den besten Weinen vorkomme. Jakob gab sich geschlagen und der Kellner schenkte ein. Mit dem Ausdruck eines Kenners roch Jakob am Wein, sah sich die Weinfarbe gegen das Lampenlicht an, dann schlürfte er ihn langsam, behielt den Schluck eine Weile im Mund, bevor er ihn schluckte.

«Wunderbar», sagte er anerkennend.

«Ich kann Sie doch nicht enttäuschen, Herr Doktor.»

«Ich weiß, ich weiß, und ich schätze das», sagte Jakob.

«*Buono Appetito*», sagte der Kellner und ließ sie allein.

«Ein angenehmer Mensch, dieser Kellner, findest du nicht? Aber wo sind wir stehen geblieben?», fragte Jakob. Im selben Moment erinnerte er sich. «Ach ja, Tintoretto! Es ist bekannt, dass der Maler 1527 in das Viertel *Sestiere Cannaregio* von Venedig umgezogen war, wo seine Pfarrkirche *Madonna dell'Orto* stand, von der er mehrere Aufträge bekommen hatte. Im gleichen Quartier wohnte damals ein progressiver Kreis von Adligen, die für Luthers Reformationsideen empfänglich waren.»

«Genau das Quartier, in dem wir uns jetzt befinden, nicht wahr?», sagte Jonathan.

«Ja. Ist das nicht ein seltsamer Zufall?», grinste Jakob und Jonathan glaubte, in seiner Stimme eine Spur von Sarkasmus zu hören.

# 6

Als Jonathan das Hotelzimmer betrat, fiel ihm sofort auf, dass die gerahmte Fotografie von seinem Tisch verschwunden war. Er durchwühlte seinen Koffer, obschon er sich nicht erinnern konnte, sie dort wieder versorgt zu haben. Dann durchsuchte er gründlich das ganze Zimmer, aber er fand sie nicht. Er war irritiert. Wo kann sie bloß stecken? fragte er sich. Wer will sich schon für eine alte Fotografie interessieren? Er nahm sich vor, am Morgen den Concierge zu fragen.

Lange wälzte sich Jonathan von einer Seite auf die andere, aber der Schlaf wollte nicht kommen. Die Ereignisse des vergangenen Tages wirbelten ihm durch den Kopf. Strawinskys Grab, das Gespräch mit seinem neuen Bekannten. Warum kam Jakob immer wieder nach Venedig? Und warum hatte er nicht sagen wollen, was er an einem regnerischen Tag auf der Toteninsel gesucht hatte? Seine Erwähnung von Tintorettos nächtlichen Gondelfahrten fand er seltsam. Beim besten Willen wusste er nicht, was er darüber denken sollte. Kurz nach Mitternacht stand er auf und ging ans Fenster. Auf dem Kanal fuhren keine Motorboote, Gondeln oder Vaporettos mehr. Es herrschte nächtliche Ruhe. Auch später änderte sich nichts. Das Wasser leckte mit einem plätschernden Geräusch an den Wänden der modernden Palazzi. Im Fenster des gegenüberliegenden Palastes ging plötzlich ein Licht an. Im orangegelben Lichtkegel stand ein Mann mit schwarzem Mantel und einem Hut gleicher Farbe. Mit dem Rücken zum Fenster gekehrt stehend bewegte er sich nicht. Wie gebannt starrte Jonathan auf die Erscheinung. Sie kam ihm unwirklich vor wie ein Schatten aus vergangenen Zeiten. Dann bemerkte er einen Spiegel an der Wand, in dem das Spiegelbild des Unbekannten von vorne zu sehen war. Das Gesicht des Fremden war versteckt hinter einer goldenen Maske mit langer Nase. Eine *Scaramouche oro*, eine klassische venezianische Maske! Sie verdeckte sein Gesicht bis zur Oberlippe. Die Öffnungen für die Augen waren schwarz umrahmt. Bei der schwachen Zimmerbeleuchtung blieben die Augen des Maskenträgers im Spiegelbild unsichtbar. Langsam drehte sich die Gestalt um. Grimmig schaute sie Jonathan an und bewegte rhythmisch den Kopf auf und ab. Die Lippen des Unbekannten waren bleich wie die einer Leiche und bildeten unterhalb der Maske einen dünnen hellen Pinselstrich. Es kam Jonathan vor, als verhöhne er ihn mit herausgestreckter Zunge. Das Ganze dauerte nur ganz kurz. Dann stand er reglos da, wie eine Schaufensterpuppe. Jonathan rätselte, wer das sein mochte. Eine innere Unruhe überfiel ihn. Warum steht jemand mitten in der Nacht mit einer Karnevalsverkleidung da und dreht sich vor dem Spiegel wie ein selbstverliebter Pfau? Der Karneval beginnt erst in acht Tagen. Übt er jetzt schon für seinen Auftritt? Ein schlafloser Verrückter?

Der Maskenträger drehte sich um hundertachtzig Grad und betrachtete sich erneut im Spiegel. Jonathan strengte seine Augen an. Die Maske starrte aus dem Spiegelbild. Jonathan kam es vor, als wäre das Leben aus dem Fremden gewichen. Dann ging das Licht aus und das Fenster versank in der Dunkelheit.

Jonathan stand da und überlegte hin und her, ob er sich das Ganze nicht nur eingebildet hatte. Im selben Augenblick fuhr ein Vaporetto an seinem Fenster vorbei in Richtung Lido. Im Boot, hinter den beleuchteten Fenstern, war ein einziger Passagier. Den Kopf auf die Hände gestützt, saß er da und vermittelte den Eindruck eines Schlafenden. Verloren in Venedig, dachte Jonathan mit einem Anflug von Melancholie. Es hätte ihn nicht mehr verwundert, wenn es sich bei dem einsamen Passagier um seinen Lieblingsdichter persönlich gehandelt hätte. In dieser Stadt schien alles möglich zu sein. Es fing an zu regnen, ein heftiger Regenguss. Die Tropfen schlugen wuchtig auf die Wasseroberfläche, trommelten auf die Dächer der Häuser und auf den Sims des Fensters, hinter dem Jonathan stand. Das Ufer mit den Palazzi auf der anderen Seite des Kanals verschwand hinter einem undurchsichtigen Regenschleier. Es war, als hätte eine unsichtbare Hand einen Bühnenvorhang zugezogen. Er öffnete das Fenster. Die Regengeräusche drangen ins Zimmer. Vereinzelte Tropfen flogen ihm ins Gesicht, aber er ignorierte sie. Die Atmosphäre erinnerte ihn an einen Film, den er vor Jahren in Rom gesehen hatte. Der Protagonist, ein russischer Dichter, der nach Italien emigriert war, saß in einem Kleinstadthotel in der winterlichen Toskana fest. Allein auf dem Bett sitzend, schaute er durchs offene Fenster in den strömenden Regen. Ein Wolkenbruch. Nicht nur vor dem Fenster. Man hatte den Eindruck, als tobte dieser auch in der Seele des Dichters. Die Szene dauerte ungewöhnlich lange. Man konnte nur die Geräusche des Regens hören und das Bild des Wassers sehen, das vom Dach des gegenüberliegenden Hauses gleich einem Wasserfall auf die Straße hinunterfiel und auf dem Fußgängersteg laut aufklatschte. Das Dach hatte keine Dachrinne. Jonathan konnte sich noch gut daran erinnern, dass er mit der Zeit den Protagonisten nicht mehr wahrgenommen hatte. Er sah nur den Regen und hatte das Gefühl, er selber sei es, der in dem toskanischen Hotel auf einem Bett sitze und der Regen schwemme ihm alle Gedanken aus dem Schädel. Jetzt hatte er dasselbe Gefühl wie damals. Er suchte in seinem Gedächtnis nach dem Namen des Regisseurs. Doch nicht einmal der Titel des Films wollte ihm einfallen. Er fing an zu frieren und schloss das Fenster. Im Bett fiel ihm der Name plötzlich ein: Andrej Tarkovskij und sein preisgekrönter Film *Nostalghia*. Es war in jeder Hinsicht ein ungewöhnlicher Film, in dem der Regisseur versucht hatte, sich den unerklärlichen Dimensionen des Lebens mit äußerster Langsamkeit anzunähern. Das machte den Film zu einem besonderen Kunstwerk, zu einem kinematografischen Juwel. Etwas Ähnliches hatte Jonathan noch nie gesehen. Unter allen ihm bekannten Filmen bildete dieser eine große Ausnahme. Doch für das Publikum war der Streifen zu schwer verdaulich. Das Kinotheater war schon am Anfang nur spärlich besetzt. Kaum mehr als zwanzig Zuschauer. Sie hatten Mühe, die extreme Langsamkeit der Bilder zu ertragen. Einer nach dem anderen verließen sie den Saal noch während der Vorstellung. Als die Lichter angingen, saßen nur drei Kinobesucher im Zuschauerraum. Draußen vor dem Kinotheater blieb Jonathan stehen. Er hätte gern mit jemandem über den Film gesprochen. Aber die Leute eilten an ihm vorbei, ohne ihn zu beachten. Damals hatte es ebenfalls in Strömen geregnet, als er durch die Altstadt nach Hause ging. Eine Novembernacht wie aus dem Bilderbuch, feuchtkalt und dunkel.

In Jonathans innerem Ohr erklang eine Melodie. Eine Achtelnote, dann ein Quintsprung nach oben und darauf eine abfallende Linie von Sechzehntel- und Achtelnoten. Er erkannte sie sogleich. Es war das Largo aus Vivaldis *Le Quattro Stagioni*. So einfach und berührend! Warum fällt mir immer wieder diese Melodie ein? dachte er. Aus dem Nichts taucht sie in meinem Ohr auf, um sich wieder im Nichts aufzulösen. Es erinnerte sich, dass es zu jedem der vier Violinkonzerte, die

Vivaldi zu einem Werk zusammenfügte, ein Sonett gab. Wer die vier Texte schrieb, blieb unbekannt. War es Vivaldi selber? Vielleicht ja oder auch nicht. Dem ergreifenden Thema des zweiten Satzes unterlegte er folgende Verse:

Die Nähe des Herdes lockt.
Regenschauer vor den Fenstern.
Das Eis verführt, doch die Furcht
einzubrechen hält zurück.

Die Melodie ist ein willkommener Kontrast zum ersten Satz des Winter-Konzerts, dachte Jonathan. Sie beruhigt und man stellt sich die besondere Schönheit des Winters in Venedig vor. So wie Vivaldi sie aus seinem geheizten Zimmer gesehen hatte.

Plötzlich wurde es Jonathan bewusst, dass er am offenen Fenster stand. Er schloss die Fensterflügel, legte sich ins Bett und deckte sich zu. Unter der Bettdecke fröstelte er und verfluchte die dumme Idee, so lange am offenen Fenster gestanden zu haben. Eine Erkältung konnte er jetzt am wenigsten gebrauchen.

# 7

Eine frische Brise blies vom Meer her, riss Löcher in die Wolkendecke und vertrieb den Nebel aus den Gassen und Kanälen. Es wurde etwas wärmer. Jedes Mal, wenn sich eine Wolke vor die Sonne schob, verschwand das grelle Sonnenlicht und ein dunkler Schatten zog über die verwitterten Wände der Palazzi.

Gleich nach dem Rasieren ging Jonathan zur Rezeption und beschwerte sich über das Verschwinden der Fotografie aus seinem Zimmer. Loredano schaute ihn an, als wollte er es nicht glauben, dass so etwas in seinem Hotel passieren könnte.

«Wer würde das tun?», fragte er.

Jonathan zuckte mit den Achseln.

«Das wollte ich Sie fragen.»

«Was war denn auf der Fotografie abgelichtet, dass sie Ihnen so wichtig ist?»

«Eine Frau. Aber das ist nebensächlich. Es darf doch nicht sein, dass aus den Zimmern Sachen verschwinden, die den Gästen gehören.»

«Stimmt. Das darf wirklich nicht vorkommen. Ist die Fotografie aus Ihrem Koffer verschwunden?»

«Nein. Es war eine gerahmte Fotografie, sie stand auf dem Tisch.»

Etwas betreten blickte Loredano eine Weile vor sich hin. Es war leicht zu erkennen, dass ihm der Vorfall unangenehm war. «Es tut mir wirklich leid», sagte er. «Aber das wird sich sicher bald klären. Ich werde die Angestellten zur Rede stellen. Mal sehen, ob sie etwas darüber wissen. Ich nehme an, die

Putzfrau hat die Fotografie vom Tisch genommen, um sie besser abstauben zu können, und dann vergessen, sie zurückzustellen. In diesem Hotel wird nicht geklaut, darauf können Sie sich verlassen.»

«Das würde ich Ihnen gerne glauben, wenn das Foto nicht verschwunden wäre. Sorgen Sie bitte dafür, dass ich es zurückbekomme.»

«Selbstverständlich. Machen Sie sich keine Sorgen, Signore, es wird sich klären, und Sie werden es ganz bestimmt bald wiederhaben. Ich werde der Sache nachgehen», sagte Loredano mit Nachdruck. Beiläufig fragte er, ob Jonathan sich schon entschieden habe, welche Sehenswürdigkeiten er anschauen wolle.

«Noch nicht», antwortete Jonathan, «aber ich bin dabei, mir über das, was ich sehen möchte, ein Verzeichnis anzulegen.»

«Besuchen Sie die Tintoretto Ausstellung im Palazzo Ducale», schlug Loredano vor. «Es ist eine einmalige Gelegenheit, Bilder aus privaten Sammlungen zu sehen, die man sonst nur in den Kunstbänden finden kann.»

«Vielen Dank für den Hinweis», sagte Jonathan, drehte sich um und wollte zur Ausgangstür gehen.

«Ich wünsche Ihnen einen schönen Tag, Signore!», rief ihm Loredano nach. «Und machen Sie sich keine Sorgen: Die Fotografie bekommen Sie garantiert bald zurück.»

Jonathan blieb stehen, schaute ihn kurz an und bedankte sich noch einmal. Dann verließ er das Hotel. Er überquerte die *Ponte dell'Accademia* und ging zum *Campo San Stefano*. Dort fand er ein offenes Café. Bei einer frischen Brioche und einem starken schwarzen Kaffee überlegte er, was er an diesem Tag unternehmen sollte. Es war lange her, seit er Venedig zum ersten Mal besucht hatte. Nach der schier unvergesslichen Woche, die leider nicht nach seinen Erwartungen geendet hatte, kam er noch mehrmals zurück. Auf Spurensuche. Doch seine Bemühungen waren jedes Mal erfolglos. In der Folge hatte er die Lagunenstadt jahrelang gemieden. Es hatte ihn viel Überwindung gekostet, noch einmal nach Venedig zu kommen. Muss das sein? hatte er sich immer wieder gefragt und nach Gründen gesucht, warum er davon absehen sollte. Die Vernunft riet ihm, es sein zu lassen. Man solle nicht versuchen, nach so langer Zeit die alten Geister wieder zu wecken. Er konnte sich noch gut an den Abend erinnern, an dem er mit sich gerungen hatte, die Reise nach Venedig auf Eis zu legen, was ihm am Ende nicht gelungen war. Zufrieden mit seinem Entschluss, hatte er eine Flasche Bordeaux aus dem Keller geholt und sich ein Glas eingeschenkt. Dann hatte er eine CD mit Beethovens Streichquartett in F-Dur, op. 135 aufgelegt, das letzte vollendete Streichquartett des Komponisten, sich in einen Sessel gesetzt, den er in die Mitte der Stube geschoben hatte um einen optimalen Empfang zu haben, hatte den Wein getrunken und die Komposition des Meisters genossen. Es war ein angenehmes Gefühl gewesen seinen inneren Frieden wiedergefunden zu haben.

Jonathan lebte schon seit vielen Jahren allein. Eigentlich war er mit seinem Leben zufrieden und sah keinen Grund, etwas daran zu ändern. Als der letzte Satz des Streichquartetts erklang, erinnerte er sich an den rätselhaften Titel des Finales: *Der schwer gefasste Entschluss.* Er hörte, wie die Bratsche und das Cello Beethovens Frage in f-Moll stellten: Muss es sein? Die Antwort kam mit dem doppelten Motiv in F-Dur, diesmal kräftig und mit Nachdruck im Violinschlüssel: Es muss sein, es muss sein! Und das Gleiche rief eine Stimme in Jonathans innerem Ohr: Die Reise nach Venedig, ja, sie muss sein, sie muss sein! Er dachte nach und kam zur Überzeugung, dass er die

Reise nicht viel länger aufschieben konnte. Die Jahre flossen zu schnell dahin und die verbleibende Zeit wurde immer knapper. Es kam ihm vor, als würde sie umso schneller vergehen, je älter er wurde. In der oberen Hälfte seiner Sanduhr waren nur noch wenige Sandkörner, die meisten befanden sich schon im unteren Teil. Und die restlichen Sandkörner fielen durch die schmale Öffnung im Glas immer schneller und schneller nach unten. Unerbittlich und unaufhaltsam. Er konnte die Reise nicht *ad infinitum* aufschieben. Wenn er seine innere Ruhe wiederfinden wollte, musste er noch einmal hinfahren. Und zwar jetzt. Zum letzten Mal. Das musste er tun, solange sein Körper mitmachte. Wie lange noch, das lag in den Sternen. Vielleicht würde er diesmal eine Spur finden, die alles klären würde. Freilich war das nur ein Wunschdenken, aber man konnte nie wissen, was die Reise bringen würde.

Eine plausible Erklärung, warum er der Stimme in seinem Kopf gefolgt war, fand er im Nachhinein nicht. War es Beethoven, der ihn mit seinem letzten vollständigen Werk verführt, ihm den Mut und gleichzeitig den Anstoß gegeben hatte, unverzüglich aufzubrechen und nach Venedig zu fahren? Er verwarf den Gedanken. Es gab keinen kausal erklärbaren Sinn dahinter, warum er fast gegen seinen Willen wieder in diese Stadt kommen musste. Es war ihm nach wie vor ein Rätsel. Und er befürchtete, dass die alten Wunden erneut aufgerissen werden könnten. Sei dem wie es wolle, jetzt war er hier, saß am Fenster in einem venezianischen Café und überlegte, wie er den Tag am sinnvollsten über die Runden bringen könnte. Bis zu diesem Zeitpunkt war er nur in der Stadt herumgeirrt, und außer der Kälte und den leeren Gassen fand er nichts, was seine Reise rechtfertigen würde. Oder vielleicht doch? Wäre er der Stimme in seinem Kopf nicht gefolgt, so hätte er weder Strawinskys

Grab besucht noch Jakob kennengelernt, was bedauerlich wäre. Jonathan zog sein Smartphone aus der Tasche und schaute sich das Angebot der aktuellen Ausstellungen an. Es dauerte nicht lange, bis er die gesuchte Anzeige fand: *500th anniversary of the birth of the Venetian painter Jacopo Tintoretto.* Und es fiel ihm wieder ein, dass Loredano ihn auf die Ausstellung aufmerksam gemacht hatte. Es war eine einmalige Gelegenheit, Tintorettos Werke aus verschiedenen Privatsammlungen im Dogenpalast zu sehen und die geheimnisvolle Ausstrahlung der Originalwerke unmittelbar zu erleben. Er hatte mehrere interessante Erfahrungen mit der in den Bildern innewohnenden Kraft gesammelt und war überzeugt, dass in den Originalgemälden die Seelen ihrer Schöpfer teilweise zurückblieben, was die unerklärliche Wirkung der Bilder auf die Leute ausmachte. Wer vor einem Meisterwerk steht, wird von ihm berührt. Das Genie des Malers offenbart sich, und der offene Betrachter spürt es bis in die Fingerspitzen. Er konnte sich an mehrere solche Fälle erinnern. Einmal hatte er das Kunstmuseum in Budapest besucht. Er schlenderte durch die Ausstellungssäle, bei jedem Bild verweilte er nur kurz, bis er zu einem kam, das ihn buchstäblich anzog. Er blieb vor dem Gemälde stehen. Es war ein meisterhaft gemaltes Porträt eines älteren Mannes. Aus dem Bild strömte etwas Undefinierbares heraus, dem er sich nicht entziehen konnte. Es kam ihm vor, als spräche der Maler zu ihm durch seinen kräftigen Pinselduktus, die Form- und Farbkomposition. Der unverkennbare Malstil verriet den Meister El Greco.

Jonathan trank den Kaffee aus und bezahlte. Mit der Stadtkarte in der Hand schlenderte er durch die Gassen zur *Piazza San Marco*, wo sich der Dogenpalast befand. Diesmal fand er auf Anhieb sein Ziel. Je näher er ihm kam, desto mehr Menschen begegnete er. Auf der Piazza waren überraschend viele Touristen. Er ging direkt zum Dogenpalast, kaufte sich eine Eintrittskarte und betrat den Ausstellungsraum. Es waren fünfzig Gemälde und zwanzig Zeichnungen von Tintoretto ausgestellt, Porträts der damaligen venezianischen Oberschicht und der Kaufleute, die es sich leisten konnten, sich von Tintoretto porträtieren zu lassen, und Bilder, auf denen religiöse Motive neben heidnisch-klassischen standen. Jonathan schlenderte von einem Bild zum anderen. Bei den Gemälden, die ihn auf den ersten Blick berührten, verweilte er minutenlang. Tintorettos Erfolg, damals wie heute, verwunderte ihn nicht. Seine Werke hatten eine besondere Tiefe und Originalität. Jonathan faszinierten die stilistische Vielfalt und die maltechnische Sicherheit des Meisters. In jedem seiner Bilder hinterließ er seine unverwechselbare Handschrift. Jonathan wurde erneut bewusst, warum Tintoretto derart großen Einfluss auf spätere Maler ausgeübt hatte. Künstler wie El Greco, Velásquez, Rubens und Delacroix wären ohne ihn undenkbar gewesen. Sie waren auf seinem Weg weitergegangen und hatten dabei ihren eigenen Stil gefunden und entwickelt. Jonathan schmunzelte bei dem Gedanken, dass nicht einmal die großen Meister vor fremden Einflüssen gefeit waren.

Vor *Susanna e i vecchioni* (Susanna und die Alten), einem schon barock anmutenden Bild, blieb er lange stehen. Die Farben- und Formharmonie und die Spannung, erzeugt durch die Motive, faszinierten ihn. Das Bild erzählte eine Geschichte: Susanne, die junge Frau – das Hauptmotiv des Gemäldes – sitzt nackt auf einem Stein im Garten, um im Freien zu baden. Sie hat bereits ein Bein bis zum Knie ins Wasser getaucht und betrachtet sich dabei in einem am Rosenstrauch hängenden Spiegel. Sonnenlicht, gefiltert durch die Blätter der Bäume, fällt auf ihren

Körper, beleuchtet ihr Gesicht und erzeugt ein Licht-Schatten-spiel auf ihrer Haut, welches die erotische Kraft der Szene erhöht. Ihre Schönheit ist der Blickfang des Bildes. Erst beim genaueren Hinsehen entdeckte Jonathan zwei hinter einem Busch versteckte Greise, die sie lüstern beobachten, während sie sich allein wähnt. Die Gegenüberstellung von Jung und Alt, vom Blühen und Vergehen, gibt dem Meisterwerk eine knisternde erotische Spannung und zugleich eine philosophische Tiefe. Jonathans Augen wanderten über die Glieder, Rumpf und Hals zum Kopf der jungen Frau. Ihr blondes Haar, kunstvoll in der Form goldener Ähren geflochten, eine Metapher des Sommers, nahm ihn gefangen. Er trat näher, blickte der abgebildeten Frau ins Gesicht. Mit weit aufgerissenen Augen starrte er es an und sein Herz raste. Er bekam einen Schwindelanfall. Der Raum begann sich mit ihm zu drehen. Er hielt sich an der Wand fest. Seine Hände zitterten. Auf seiner Stirn bildete sich kalter Schweiß.

«Es tut mir leid, aber es ist nicht erlaubt, so nah ans Bild zu treten», sagte eine Stimme hinter ihm.

Jonathan drehte sich um. Vor ihm stand der Ausstellungswärter. Als dieser Jonathans Zustand sah, legte er ihm besorgt die Hand auf die Schulter.

«Geht es Ihnen nicht gut, Signore? Brauchen Sie Hilfe?» Er schob seine Hand unter Jonathans Arm, führte ihn langsam zu einem Stuhl in einer Ecke.

«Nehmen Sie hier Platz, bitte, ruhen Sie sich aus.»

Jonathan setzte sich.

«Soll ich einen Arzt anrufen?», fragte der Wärter besorgt.

Jonathan schüttelte den Kopf.

«Nicht nötig, es geht mir schon besser.»

«Bleiben Sie sitzen, solange Sie wollen, entspannen Sie sich. Schon merkwürdig, was die Bilder von Tintoretto beim Betrachter auslösen können, nicht wahr? Es ist nicht das erste Mal, dass jemand ausgerechnet vor diesem Bild einen Schwächeanfall erlitten hat. Ist das nicht bemerkenswert?»

Jonathan schwieg.

«Kann ich Sie jetzt allein lassen?»

«Ja. Vielen Dank für Ihre Hilfe», antwortete Jonathan.

«Keine Ursache», sagte der Wärter und entfernte sich.

Jonathan blieb eine Weile sitzen. Es war das erste Mal in seinem Leben, dass er einen Schwächeanfall bekam. Das beunruhigte ihn sehr. Erst zehn Minuten später wagte er aufzustehen. Auf wackligen Beinen verließ er den Palast. Das Bild hatte er nicht noch einmal angeschaut. Der Wind, der jetzt vom Meer her stärker wehte und über die Lagune fegte, tat ihm gut. Ein paar Tauben auf der Suche nach Futter flatterten um seinen Kopf herum. Er ignorierte sie und ging zum Kanal. Dort schaute er eine Zeit lang auf die am Ufer angebundenen Gondeln. Sie sprangen auf den Wellen unaufhörlich auf und ab wie ein Schwarm spielender Delfine. Jetzt empfand er sie nicht mehr als romantisch. Sie kamen ihm morbid vor wie schwarze Särge, die jemand für ihn bereit gemacht hatte. Warum überfallen mich wieder diese bedrückenden Gedanken? fragte er sich besorgt. Er entschloss sich zum Hotel zurückzukehren. Als er sich zum Gehen wandte, erschrak er. Drei alte Frauen in schwarzen Kleidern standen dicht hinter ihm und schauten ihn schweigend an. Dann drehten sie sich fast simultan um und schlurften weiter. Sie erinnerten ihn stark an die drei Alten, die er am Vortag auf der Toteninsel *San Michele* gesehen hatte. Aber er konnte nicht mit Bestimmtheit sagen, ob es tatsächlich dieselben Frauen waren. In Italien trugen fast alle Altfrauen Schwarz.

Als er die Hotelzimmertür öffnete, sah er, dass die gerahmte Fotografie wieder auf dem Tisch stand. Er nahm sie in die Hand, betrachtete sie kurz und stellte sie zurück. Nachdenklich schaute er eine Weile vor sich hin und wusste nicht, was er darüber denken sollte. Dann ging er ins Badezimmer, wollte sein Medikament einnehmen, doch er konnte die kleine Schachtel mit den Tabletten nicht finden. Wo zum Teufel habe ich sie hingetan? dachte er verstimmt. Ach was, ich werde sie später finden. Was ich jetzt brauche, ist ein bisschen Ruhe. Er fühlte sich kraftlos wie nach einem Marathon. Mit einem Seufzer legte er sich aufs Bett und schloss die Augen.

# 8

Während Jonathan schlummerte, senkte sich ein dunkelblauer Winterabend auf die Serenissima und hielt sie in der Umarmung seines kalten Hauches. Jonathan war so müde, dass er sich nicht einmal ausgezogen hatte, als er sich aufs Bett warf, und er hatte mehrere Stunden tief geschlafen. Trotzdem fühlte er sich immer noch erschöpft, als er erwachte. Aber er verspürte großen Hunger, was er als ein gutes Zeichen wertete. Er blickte auf seine Armbanduhr. Sieben. Es fiel ihm ein, dass er mit Jakob um halb acht an der *Ponte dell'Accademia* abgemacht hatte. Er zog sich aus und duschte mit kaltem Wasser, um ganz wach zu werden. Dann trocknete er sich mit dem Badetuch, rieb mit dem Frotteestoff die Haut, bis in den Adern das Blut zirkulierte. Jetzt fühlte er sich quicklebendig. Zuletzt kämmte er sein ergrautes Haar. Dann zog er sich an, nahm seinen Wintermantel vom Kleiderhaken und eilte in die Rezeption.

Dort wartete bereits Jakob auf ihn. Anscheinend hatte er keine Lust gehabt, draußen in der Kälte zu frieren.

«Schön, dass du pünktlich bist. Ich hoffe, du hast Hunger», sagte er zur Begrüßung.

«Seit dem Frühstück habe ich nichts gegessen», antwortete Jonathan.

«Das ist die beste Voraussetzung für ein gutes Dinner. Hunger ist der beste Koch», sagte Jakob. «Ich kenne ein Restaurant mit einer ausgezeichneten Gourmet-Küche.»

Er blickte zum Fenster hin.

«Da kommt gerade unser Vaporetto. Komm, wir müssen uns beeilen, wenn wir es nicht verpassen wollen!»

Im selben Moment, als sie bei der Haltestelle ankamen, legte das Boot an und sie gingen an Bord. Das Vaporetto war nur spärlich besetzt. Der Motor heulte auf und das Boot setzte sich in Bewegung. Es fuhr an den in Dunkelheit getauchten Palazzi vorbei, in denen nur hie und da ein Licht brannte.

«Das Restaurant befindet sich direkt neben der *Ponte San Polo*. Es ist spezialisiert auf ursprüngliche venezianische Speisen», erklärte Jakob. «Es heißt *Da Fiore* und ist in der Tat eine rare Blume unter Venedigs Restaurants. Für mich gehört es zu den besten in der Stadt. Gutes Essen, angenehmes Ambiente, was will man schon mehr an diesem unfreundlich kalten Abend? Aber jetzt genug gesprochen. Ich bin sicher, dass du nicht enttäuscht sein wirst.»

Nach einer kurzen Fahrt stiegen sie aus, gingen dann durch die leeren Gassen, kleine Brücken überquerend, an der *Chiesa Santa Maria Mater Domini* vorbei, bis sie endlich zum Restaurant kamen. Der Kellner begrüßte Jakob herzlich, was verriet, dass er dort ein gern gesehener Gast war. Er half ihnen aus den

Wintermänteln und führte sie zu einem weiß gedeckten Tisch in einer Ecke des Speiseraums.

«Was wünschen die Herren zu essen: Fisch oder Fleisch?», fragte er.

«Was würden Sie uns empfehlen?», wollte Jakob wissen.

«Als Antipasto: frische *Bovuletti* oder *Bigoli in salsa, Secondo:* ein wunderbares *Fegato alla Veneziana* und zum Dessert ein frisch zubereitetes *Tiramisu.*»

«Das klingt gut», sagte Jakob, «die Auswahl der dazu passenden Weine überlasse ich gerne Ihnen.»

«Sehr wohl. Was wollen Sie nun als Primo: *Bovuletti* oder *Bigoli?*»

«Bringen Sie uns beides bitte», lächelte Jakob und deutete mit dem Kopf auf Jonathan, «mein Freund hier stirbt fast vor Hunger.»

«Da ist er am richtigen Ort», sagte der Kellner lächelnd und ging in die Küche.

«Wie kommt es, dass du mit demselben venezianischen Akzent sprechen kannst wie der Kellner?», fragte Jonathan verwundert.

«Ich komme seit Jahren immer wieder nach Venedig und rede mit den Einheimischen. Die Übung macht den Meister», sagte Jakob bescheiden. «So habe ich hier schon nach relativ kurzer Zeit Freunde gewinnen können. Neue Fremdsprachen zu lernen hat mir nie große Schwierigkeiten bereitet. Und die Venezianer wissen es zu schätzen, wenn ein Fremder ihren Dialekt sprechen kann. Das hat mir manche Türen geöffnet, die für mich sonst für immer zugesperrt geblieben wären. Die Venezianer sind typische Insulaner, verschlossen wie katholische Mönche. Es ist alles andere als leicht, in ihre Kreise aufgenommen zu werden. Der Schlüssel ist a priori die Kenntnis ihres Dialekts. Außerdem muss man auf irgendeinem Gebiet etwas Besonderes geleistet haben, wenn man von ihnen akzeptiert und eingeladen werden will. Sonst ist es sozusagen aussichtslos.»

Jonathan wollte wissen, auf welchem Gebiet Jakob etwas Außerordentliches geleistet habe, doch der Kellner kam mit einer Flasche Weißwein und unterbrach das Gespräch.

«*Venezia Giulia*, ein wunderbarer Tropfen aus dem Friaul, eine hervorragend gelungene Mischung aus drei Traubensorten: Vierzig Prozent Pinot Grigio und je dreißig Prozent Chardonnay und Sauvignon Blanc», sagte er beflissen und goss ein bisschen Wein in Jakobs Glas. Dieser sah sich die Weinfarbe an, roch daran, um das Aroma zu prüfen. Hörbar schlürfend trank er einen Schluck, behielt ihn eine Zeit lang im Mund, schluckte und nickte. Das war für den Kellner ein Zeichen, in beide Gläser einzuschenken. Dann steckte er die Flasche in einen bereitgestellten Weinkühler aus glänzendem Chromstahl. Kurz darauf brachte er die Vorspeise. Die *Bovuletti* und *Bigoli* waren schmackhaft zubereitet. Jonathan genoss das Essen und vergaß seine Frage nach den besonderen Leistungen seines Begleiters. Nach dem *Primo* erhob Jakob sein Weinglas.

«*Salute*! Es freut mich dich kennengelernt zu haben.»

«Die Freude ist ganz auf meiner Seite», sagte Jonathan.

Sie stießen an. Jonathan fühlte sich geborgen in der Osteria. Es war ein Restaurant, welches die traditionelle italienische Esskultur hochhielt. Das war etwas völlig anderes als die nach verbranntem Frittieröl miefenden Imbissstuben, die nicht einmal vor dieser einmaligen Stadt Halt machten. Hand in Hand mit dem Ansturm von kulinarisch ignoranten Touristen aus aller Welt hielten die Billigimbisse Einzug und waren für die kleinen Restaurants zu einer ernsthaften Konkurrenz geworden.

«Zum Glück gibt es hier ein paar authentische Restaurants und nicht nur lauter Schnellimbisse», bemerkte Jonathan.

«Gott sei Dank! Die Fast Food Buden sind Kinder der Globalisierung. Ich finde sie schlimmer als eine Pestepidemie», schüttelte Jakob den Kopf. «Es fällt mir schwer zu begreifen, warum die Stadtverwaltung nicht durchgreift und sie kurzerhand verbietet. Das wäre machbar, denke ich. Die Touristenanzahl sollte unbedingt kontingentiert werden. Und das Anlegen der Kreuzfahrtschiffe in der Lagune müsste ab sofort verboten werden. Abertausende von Touristen überfallen die Stadt im Sommer und während des Karnevals wie Heuschreckenschwärme und machen den Venezianern, die noch in der Stadt geblieben sind, das Leben schwer. Einmal hatte Venedig hundertfünfzigtausend Einwohner. Jetzt ist es nur noch ein Drittel. Der Grund sind die unverschämt hohen Wohnungsmieten. Für die reichen Touristen spielt es keine Rolle. Sie kommen nur für eine oder zwei Wochen, und dann verschwinden sie wieder. Aber die einfachen Venezianer müssen nach Mestre ausweichen, wo die Wohnungen noch bezahlbar sind. Und die Immobilienbesitzer reiben sich die Hände, denn das Mietgeschäft mit den Touristen ist für sie sehr lukrativ. Auf diese Weise verdienen sie viel mehr, als wenn sie die Wohnungen an venezianische Familien vermieten würden, selbst wenn sie nur während der Saison voll ausgebucht sind.»

Er blickte eine Zeit lang vor sich hin, ohne etwas zu sagen. Dann räusperte er sich.

«Übrigens, wie ich gehört habe, ging es dir heute Nachmittag nicht besonders gut.»

Jonathan sah ihn überrascht an. «Woher weißt du das?»

«Loredano hat es mir erzählt, als ich an der Rezeption auf dich gewartet habe. Er sagte, dass du am frühen Nachmittag zurückkamst, das Gesicht bleich wie jenes der Santa Maria auf Michelangelos *Pietà*. Auf seine Frage, ob alles in Ordnung sei, habe er von dir keine Antwort erhalten.»

«Loredano scheint trotz seiner dicken Brille alles scharf zu beobachten. Hat er denn an der Rezeption so wenig zu tun?», sagte Jonathan sarkastisch. Er war irritiert. Soweit er sich erinnern konnte, war die Rezeption nicht besetzt, als er ins Hotel kam. Doch er schloss es nicht ganz aus, dass Loredano tatsächlich an der Theke war, und er ihn in seiner schlechten Verfassung nicht bemerkt hatte. Dass der Concierge ihn etwas gefragt hätte, daran konnte er sich beim besten Willen nicht erinnern. Aber in diesem Moment war er so durcheinander gewesen, dass er keine Lust verspürt hatte, sich mit Loredano zu unterhalten, falls dieser ihn wirklich angesprochen hatte.

«Ja. Ich habe mich tatsächlich nicht so gut gefühlt», gab er schließlich zu.

«Was war mit dir los? Gesundheitliche Schwierigkeiten?»

«Nichts Besonderes, wirklich nicht der Rede wert», wich Jonathan aus. «Ich habe mir die Tintoretto-Ausstellung im Dogenpalast angeschaut und auf einmal ist mir übel geworden. Alles fing an, sich in mir zu drehen, wie wenn ich seekrank geworden wäre. Ob es nun an der abgestandenen Luft im Ausstellungssaal lag oder an etwas anderem, kann ich nicht mit Sicherheit beurteilen. Ich weiß es einfach nicht.»

Dass ihn Tintorettos Meisterwerk *Susanna e i vecchioni* schockiert hatte, weil das Model auf dem Gemälde der Frau, in die er sich vor langer Zeit in Venedig verliebt hatte, auffällig ähnlichsah, behielt er für sich. Er war sich sicher, dass Jakob es ihm nicht geglaubt hätte. Es wäre ihm unangenehm gewesen, wenn er ihn für jemanden mit allzu blühender Fantasie oder sogar für einen geistig gestörten Menschen gehalten hätte. Das wollte er um jeden Preis vermeiden.

«Du solltest dich gründlich untersuchen lassen», sagte Jakob ernst. «Mit solchen Dingen ist nicht zu spaßen.»

«Danke für den Ratschlag, aber ich glaube nicht, dass es nötig sein wird. Ich fühle mich wieder ausgezeichnet. Vom Schwächeanfall keine Spur mehr. Es war das erste Mal in meinem Leben, dass bei mir so etwas vorkam.»

«Das darfst du nicht auf die leichte Schulter nehmen. Vergiss nicht, dass es wieder passieren könnte. Unter Umständen ausgerechnet in dem Moment, da du über eine steile Treppe oder eine Brücke gehst. Du könntest das Gleichgewicht verlieren und ins Wasser fallen oder den Kopf auf einer Steinkante aufschlagen. Das könnte für dich fatale Folgen haben.»

Jakob wollte noch etwas beifügen, doch der Kellner brachte die Hauptspeise, zwei neue Weingläser und eine Flasche Rotwein.

«Ein auserlesener, lang gelagerter *Amarone della Valpolicella classico* aus Mazzano», sagte er und goss etwas Wein in Jakobs Glas und dieser schwenkte es kurz. Durch die zentrifugale Kraft wurde der Wein auf die Seiten des Weinglases getrieben. Jakob schaute zu, wie die Flüssigkeit an den Wänden des Glases eine Art von Tränen bildete, die langsam herunterflossen.

«*Le vin pleure*», sagte er zufrieden, «das zeugt von einer guten Qualität.» Dann hielt er das Glas gegen das Lampenlicht und prüfte die Weinfarbe, roch daran, und zuletzt nahm er einen Schluck. Überrascht schaute er den Kellner an.

«Wo haben Sie diesen wunderbaren Tropfen aufgetrieben?»

«Wir haben unsere Beziehungen, Signore. Nur so bekommt man heutzutage einen anständigen Wein. Aber woher wir ihn beziehen, darf ich Ihnen leider nicht verraten. Sie verstehen: Geschäftsgeheimnis. Doch etwas darf ich preisgeben: Diesen Tropfen servieren wir nur guten Gästen, bei denen wir sicher sind, dass sie ihn zu schätzen wissen und nicht hundertmal nach dem Preis fragen, bevor sie ihn bestellen. Perlen vor die Schweine zu werfen, nein, das machen wir aus Prinzip nicht. Das wäre eine unverzeihliche Sünde. Was sag ich denn da? Es wäre eine Dummheit ohne gleichen!»

Der Kellner schenkte ein, drehte sich auf dem Absatz und ging. Jakob sah ihm nach und lächelte. «Das ist ein Kellner nach meinem Gusto», sagte er. «Ein stolzer Mensch mit großer Sachkenntnis und gleichzeitig ein Menschenkenner. Für seinen Beruf wie geboren.»

Er erhob sein Glas. «Auf unsere Freundschaft!»

Jonathan trank einen Schluck und musste dem Kellner beipflichten. Es war ein hervorragender Wein.

«Du bist also in diese Stadt gekommen, nur um Strawinskys Grab zu besuchen und dir eine Ausstellung von Tintoretto anzuschauen?», fragte Jakob.

«Wie man's nimmt», sagte Jonathan. Er hatte gute Laune. Das schmackhafte Essen und der wunderbare Wein trugen dazu bei. Und Jakob, diesen kultivierten Bonvivant, mochte er auch. Es freute ihn, einen guten Gesprächspartner gefunden zu haben und abends nicht mehr allein essen zu müssen. Ohne es sich erklären zu können, kam er ihm vertrauenswürdig vor, und er entschloss sich, ihm den wahren Grund seiner Reise nach Venedig zu verraten.

«Tintoretto, Strawinsky und mein Lieblingsdichter wären ein guter Grund nach Venedig zu reisen», sagte er, «doch ich kam wegen etwas anderem.»

Jakob sah ihn an und seine Augen funkelten vor Neugier.

«Eine Frau?»

«Nur eine Spurensuche. Vor Jahren habe ich in dieser Stadt eine Frau kennengelernt und verbrachte mit ihr ein paar wunderbare Tage.»

«Die Liebe gehört zu Venedig wie die Palazzi, die Gondeln, Tauben, Möwen und die Vaporetti. Und selbstverständlich gutes Essen, vorausgesetzt man weiß, wo man es bekommt», schwärmte Jakob. «Ehrlich gesagt, habe ich vermutet, dass es so etwas sein würde. Wer wollte schon ohne triftigen Grund zu dieser Unzeit zwischen den Saisons hierherkommen?»

«Leute wie mein Lieblingsdichter und ich», sagte Jonathan ruhig. «Soviel ich weiß, kam er neunzehnmal nach Venedig und jedes Mal war es im Winter. Er liebte das Unergründliche, das Geheimnisvolle dieser Stadt, wenn sie in die winterliche Atmosphäre getaucht ist oder in die berühmte *Nebbia*, diesen dichten Nebel, der Venedig manchmal einhüllt, sodass man keine vier Meter weit sehen kann. Und genauso liebte er das Spiel des Windes mit den Wolken, wenn sich der Nebel auflöst, die Stille in der Nacht, das Schweigen der Kanäle. Auch ich habe hier nie den Rummel gesucht. Es war im Winter, als ich zum ersten Mal nach Venedig kam. Ich wollte die Winteratmosphäre dieser Stadt mit meinen Aquarellfarben einfangen. Damals habe ich relativ viel gemalt. Es war ein willkommener Ausgleich zu meinem eher trockenen Beruf. Musikwissenschaftliche Quellenforschung und Partitur-Analyse mögen zwar interessant sein, sind aber aufreibend. Die unzähligen Stunden, die ich wegen meiner Recherchen in verstaubten Archiven gestöbert habe, können auf die Dauer ganz schön anstrengend sein und den Menschen auslaugen, ja sogar deprimieren. Vor allem dann, wenn man das Gesuchte nicht finden kann. Das Malen hingegen ist entspannend, wenn man es nicht als Brotberuf ausüben muss. Die Aquarelltechnik geht schnell von der Hand. Man sieht das Resultat schon nach ein paar Minuten. Entweder gelingt das Bild oder eben nicht. Korrigieren kann man nichts mehr, weil man jeden nachträglichen Eingriff sehen würde. Deswegen ist diese Maltechnik so gut geeignet für Momentaufnahmen.»

«Das hört sich interessant an. Aber was hat das mit der geheimnisvollen Frau zu tun? Wann betritt sie die Bühne?», fragte Jakob ungeduldig und spülte seine Worte mit einem Schluck Wein hinunter.

«Nur Geduld, Jakob, sie wird bald kommen», schmunzelte Jonathan. «Schon an meinem zweiten Tag in Venedig betrat die Protagonistin dieser Geschichte die Bühne, wenn ich deine Worte gebrauchen darf. Ich saß am Randstein eines kleinen Seitenkanals, malte die dort ankernden Boote, mühte mich ab mit den Lichtreflexen auf dem Wasser, als ich plötzlich das Gefühl hatte, dass ich nicht allein sei. Ich drehte mich um. Hinter mir stand eine Frau. Sie trug einen dunkelblauen Wintermantel aus Kaschmirwolle und eine Kappe gleicher Farbe, die zu ihrem rotblonden Haar, das auf beiden Seiten aus ihrer Kopfbedeckung hervorquoll, als komplementäre Farbe ausgezeichnet passte. Sie war etwa in meinem Alter. Vielleicht ein oder zwei Jahre jünger. Und sie schien die Entstehung des Aquarells über meine Schulter mitverfolgt zu haben. Ich nehme an, dass sie schon eine Weile hinter mir stand, ohne dass ich es bemerkt hatte, so vertieft war ich in meine Arbeit. Sie wirkte verlegen, als hätte ich sie bei etwas Unerlaubtem ertappt, entschuldigte sich und wollte sofort weitergehen. Ich bat sie zu bleiben, beteuerte, dass mich ihre Anwesenheit nicht im Geringsten störe, im Gegenteil. Sie lächelte schüchtern, überlegte einen Moment und schließlich blieb sie. Ich begann mit einem neuen Aquarell. Gespannt verfolgte sie die Arbeit vom ersten bis zum letzten Pinselstrich. Ich malte schnell, beendete das Bild in ein paar Minuten. Es gelang mir besser als erwartet. Nicht die Pinselstriche, die man ausführt, sondern diejenigen, die man ausspart, seien beim Malen mit Aquarellfarben wichtig, belehrte ich sie, als wäre ich ein erfahrener Meister. Dabei war ich nur ein junger Amateur, mehr nicht. Sie lobte das Bild und war überrascht, als ich ihr verriet, dass ich kein Berufsmaler sei. Ich schenkte ihr das Aquarell und sah, dass es sie freute.»

«Du hast der unbekannten Frau ein gut gelungenes Aquarell geschenkt? Einfach so?», unterbrach ihn Jakob.

«Ja. Ist daran etwas Ungewöhnliches?», fragte Jonathan überrascht.

«Es ist ganz schön großzügig!»

«Nicht unbedingt. Ich bin kein Berufsmaler, der seine Werke verkaufen muss, damit er überleben kann.»

«Das stimmt. Aber sie könnte es weiterverkaufen.»

«Verkaufen? Wer würde schon für ein Aquarell eines unbekannten Malers Geld verschwenden?», lachte Jonathan vergnügt. «Da müsste er ein hoffnungsloser Ignorant sein, wenn er eines von mir kaufen würde.»

«Meinst du das wirklich?»

«Ja.»

«Da irrst du dich aber gewaltig», sagte Jakob. «Original-Aquarelle werden von den Leuten gern gekauft. Vor allem, wenn darauf Venedig abgebildet ist. Schau dir doch nur an, was hier alles an die Touristen verkauft wird. In Serie gemalter Ramsch! Hauptsache, wenn man darauf eine venezianische Gondel, einen Kanal, am liebsten den *Canal Grande,* und ein paar Palazzi sieht. Vergiss nicht, dass Venedig für viele Frischvermählten eines der beliebtesten Ziele ist. Eine Hochzeitsreise nach Venedig ist etwas Spezielles, keine Frage. Und ein solches Original-Aquarell ist für diese Leute ein willkommenes Souvenir, das sie dann an die schönste Zeit ihres Lebens erinnert. Es wird eingerahmt und an prominenter Stelle in der Wohnung aufgehängt. Es heißt doch, dass jeder zumindest einmal im Leben in Venedig gewesen sein sollte. Und so ein Aquarell bestätigt die Reise am besten. Ich besitze auch ein relativ gut gemaltes anonymes Aquarell mit einem Venedig-Sujet, und es ist mir teuer. Es muss nicht immer ein Meisterwerk eines weltberühmten Malers sein, damit ein Bild das Herz erfreut, nicht wahr? Hast du damals dein Aquarell unterschrieben?»

«Nein, sie hat es nicht verlangt.»

«Sieh mal an! Das ist nicht üblich. Meistens wollen die Leute auch eine Unterschrift auf dem Bild haben. Aber jetzt erzähle bitte weiter. Es tut mir leid, dass ich dich unterbrochen habe.»

Jonathan war etwas irritiert. Es war ihm nicht ganz klar, was Jakob damit sagen wollte. Er konnte es sich fast nicht vorstellen, dass dieser ein Aquarell von einem unbekannten Maler kaufen würde. Das hatte er als ehemaliger Chirurg nicht nötig.

«Warum zögerst du? Magst du nicht mehr weitererzählen?», fragte Jakob, und Jonathan ließ sich nicht zweimal bitten.

«Die Kälte zwang mich dazu, mit dem Malen aufzuhören», setzte er seine Geschichte fort. «Meine Hände waren schon blau gefroren. Mit klammen Fingern wusch ich den Pinsel aus und versorgte ihn zusammen mit den Aquarellfarben im Holzkasten. Diesen steckte ich in meinen Rucksack und erhob mich, um zu gehen. Jetzt könnte ich ein heißes Getränk gebrauchen, sagte ich zu ihr. Sie lachte und verriet mir, sie habe ans Gleiche gedacht. Ich schlug vor, eine Bar aufzusuchen, und sagte ihr, dass es mich freuen würde, ihr die Maltechnik mit

Aquarellfarben detailliert zu erklären, falls sie interessiert sei. Sie nahm meine Einladung an, ohne lange zu überlegen.»

Auf leisen Sohlen kam der Kellner zum Tisch.

«Schmeckt es Ihnen nicht, Signori?», fragte er besorgt.

Verwundert schauten sie ihn an.

«Wie kommen Sie denn darauf?», fragte Jakob.

«Weil Sie sich mehr unterhalten als essen. Es wäre schade, alles kalt werden zu lassen, meinen Sie nicht auch?»

«Das stimmt», lachte Jakob, «wir versprechen Ihnen, dass wir uns diesbezüglich bessern werden.»

«Das will ich hoffen, sonst wird sich der Koch ernsthafte Sorgen machen, ob ihm etwas nicht gut gelungen sei», schmunzelte der Kellner.

Schweigend aßen sie weiter. Als die Teller leer waren, kam der Kellner und fragte, ob sie ein Supplement haben möchten, was beide fast simultan verneinten, da es noch ein Dessert gab.

«Und weiter?», fragte Jakob ungeduldig, als der Kellner weg war.

Jonathan sah ihn fragend an.

«Ich meine, wie ging es mit der geheimnisvollen Frau weiter?»

«Ach so! Ich dachte, deine Frage hätte sich aufs Essen bezogen», lachte Jonathan. «Wir fanden relativ schnell eine offene Bar, bestellten einen heißen Punsch und unterhielten uns über die Tücken des Malens mit Aquarellfarben. Das schien sie wirklich zu interessieren. Sie sagte, dass sie schon lange vorhabe, diese Maltechnik zu erlernen. Ich schlug ihr vor uns am nächsten Tag zu treffen, sie könne das Aquarellieren unter meiner Anleitung praktisch ausprobieren. Sie bezweifelte, dass ich es ernst meinen könnte. Sie dürfe meine kostbare Zeit nicht in Anspruch nehmen, sagte sie. Ich entgegnete, dass ich alle Zeit der Welt hätte, da ich in den Ferien sei. Und dass ich nie etwas anbiete oder verspreche, ohne es auch zu wollen. Nach einigem Zögern nahm sie meine Einladung an und sagte, sie freue sich auf ihr erstes Aquarell. Schweigend blickten wir dann eine Weile durch die leicht angelaufenen Fensterscheiben auf den Kanal hinaus. Mir gefiel sie in ihren engen Jeans und dem grünen Pullover, der ihre sportliche Figur zur Geltung brachte. Ich fragte, warum sie nicht im Frühling oder im Frühherbst gekommen sei? Das Wetter wäre angenehmer als im Winter. Sie antwortete mit der Frage, warum ich ausgerechnet jetzt nach Venedig gereist sei? Ich sagte, dass ich zum Aquarellieren kam, da die Atmosphäre im Winter interessanter ist als im Sommer. Sie lachte und meinte, dass sie die Stimmung in dieser Jahreszeit auch einmal habe erleben wollen. Das klang für mich nicht ganz überzeugend. Ich glaubte, in ihrem Lachen einen verbitterten Unterton herauszuhören und überlegte, was dahinterstecken mochte. Aber ich bohrte nicht nach, denn ich wollte sie nicht in Verlegenheit bringen. Es wäre schade gewesen, hätte sie die Verabredung wegen meiner Neugier abgesagt. Sie verriet mir, dass Tintorettos Bilder und Fresken ein weiterer Grund für ihre Reise in die Serenissima gewesen seien. Und sie fing an, über den Maler und seine Zeit in Venedig zu sprechen. So auch über Tizian, seinen ehemaligen Lehrer, der auf das Genie des jungen Tintoretto eifersüchtig gewesen sei. Tizian habe gespürt, dass der junge Maler einen neuen Malstil einläuten würde. Und er habe sich nicht geirrt. Es gab nachweislich Spannungen zwischen den beiden Künstlern. Tizian habe bald genug gehabt von Tintoretto und ihn aus seiner Werkstatt geworfen. Mit der Zeit habe sich ihr Verhältnis zu einer offenen Feindschaft entwickelt. Tintoretto sei schlau genug gewesen, die Preise seiner Bilder etwas tiefer zu halten als Tizian. Um mehr Kunden zu gewinnen, was die Zahl seiner Feinde noch erhöht habe. Eigentlich sei Tintorettos richtiger Name Robusti gewesen, das habe sie aus einer detaillierten Biografie erfahren, Tintoretto sei nur sein Pseudonym gewesen. Sie hatte sichtlich Freude an meinem interessierten Zuhören. Und ich hätte ihr am liebsten den ganzen Nachmittag zugehört. Während sie sprach, fielen mir hübsche Grübchen auf, die jeweils auf ihren Wangen erschienen, wenn sie lächelte. Die leichten Bewegungen ihrer Nasenspitze erinnerten mich an ein kauendes Häschen. Ihre grünblaue Iris passte gut zu ihrem dichten, rotblonden Haar, das in der Beleuchtung golden schimmerte. Wenn sie sprach, begleitete sie die einzelnen Sätze mit lebhaften Bewegungen ihrer Hände. Mit den Sommersprossen auf ihren Wangen kam sie mir ein bisschen wie ein unschuldiges Dorfmädchen vor. Ich liebte ihr verschmitztes Lächeln. An ihren Ohrläppchen hingen zwei in Gold eingefasste Perlen und an einem feinen goldenen Halskettchen trug sie ebenfalls eine solche. Alles an ihr gefiel mir. Kurz, ich war von ihr hingerissen, und ich bin mir fast sicher, dass ihr das nicht entging.»

Beiläufig blickte er Jakob ins Gesicht. Es kam ihm vor, als leuchtete in seinen Augen unterdrückte Wut. Als er jedoch Jonathans Blick bemerkte, hatten sie auf einmal wieder den gleichen freundlichen Ausdruck wie vorher. Es ging schnell, so schnell, dass Jonathan an seiner Beobachtung zu zweifeln begann und sich selber beschwichtigte, dass er sich das wohl nur eingebildet hatte. Es gab keinen vernünftigen Grund, warum Jakob wütend auf ihn sein sollte. Schließlich hatte er ihn erst vor zwei Tagen kennengelernt. Die Gespräche mit ihm waren interessant und inspirierend. Es gab weder Spannungen noch Meinungsverschiedenheiten, die seine versteckte Wut hätten erklären können. War er vielleicht beleidigt, weil er der Meinung war, Jonathan habe sich die ganze Geschichte nur ausgedacht?

«Wie groß war sie?», fragte Jakob plötzlich.

«Etwas kleiner als ich.»

«Du hattest Glück, mein Freund», sagte Jakob. «Nach deiner Beschreibung muss es eine Frau von Format gewesen sein. Attraktiv und geistreich. Eine rare Kombination. Vielleicht wäre sie die ideale Frau für dich gewesen.»

«Das hatte ich mir auch gedacht. Aber da war etwas Undefinierbares in der Luft. Es lag zwischen uns wie eine unsichtbare Mauer. Ich kam nicht dahinter, was es war.»

«Kam sie am folgenden Tag zur Verabredung?»

«Ja, sie kam, und ich habe ihr verschiedene Maltechniken mit Aquarellfarben gezeigt: nass auf nass, nass auf trocken und so weiter. Das genoss sie sichtlich. Sie malte mehrere Bilder auf Büttenpapier, das ich ihr zur Verfügung stellte. Ihre Aquarelle gelangen erstaunlich gut, obschon sie behauptet hatte, nie vorher gemalt zu haben. Ich hatte es fast nicht glauben können. Aber es gibt talentierte Leute, die solche Dinge auf Anhieb hinkriegen. Malend kamen wir uns näher. Ich lud sie zum Dinner ein, und sie sagte sofort zu.»

Der Kellner brachte das Dessert.

«Keiner kann in dieser Stadt ein besseres Tiramisu machen als unser Koch. Bitte überzeugen Sie sich selber, Signori. Wollen Sie den Kaffee dazu oder erst danach?»

«Erst später bitte», sagte Jakob, «und dazu einen anständigen Grappa.»

«Wir haben einen ausgezeichneten *Berta Grappa Nebbiolo Invecchiata Lira* aus dem Jahr 2009. Wollen Sie den mal versuchen?»

«Wenn ich mich nicht irre, habe ich ihn schon das letzte Mal hier getrunken», sagte Jakob und schmunzelte schelmisch.

«Das ist gut möglich. Aber das macht nichts, Signore! Es ist trotzdem der beste Grappa, den man zurzeit in Venedig bekommen kann. Und das nur in diesem Restaurant.»

«Wir werden hier ganz schön verwöhnt», sagte Jonathan.

«Das ist unsere Aufgabe, Signore. Wir geben unseren Gästen nur das Beste und sie kommen dann wieder, weil sie mit unserer Leistung zufrieden waren.»

«Das kann ich nur bestätigen. Ich bin hier noch nie schlecht bedient worden», sagte Jakob, und der Kellner lächelte geschmeichelt.

Sie fingen an, das Tiramisu zu essen. Der Kellner hatte nicht übertrieben. Es zerschmolz geradezu auf der Zunge.

«Fahre doch fort mit deiner interessanten Geschichte, Jonathan, ich bin gespannt, wie es weiterging. In welchem Restaurant habt ihr euch verabredet und was folgte danach?», fragte Jakob.

«Das werde ich dir erst nach dem Dessert erzählen.»

«Ich verstehe», lächelte Jakob, «bei dieser wunderbaren Köstlichkeit sollte man wirklich nicht zu viel reden.»

# 9

Der Kellner brachte Kaffee und Grappa. Er stellte die Getränke auf die Tischplatte.

«Bitte sehr Signori», sagte er und ließ sie allein.

Schweigend tranken sie den Espresso, und etwas später den Grappa in kleinen Schlucken.

«Wie ging es weiter? Kam sie zur Verabredung?», fragte Jakob.

Der Alkohol löste Jonathan die Zunge. Vor seinem geistigen Auge sah er die Episode so klar, als hätte sie sich erst gestern abgespielt.

«Ja, sie kam. Und wir gingen in ein Restaurant, das sie kannte. Wie es hieß, ist mir entfallen. Es befand sich in der Nähe ihres Hotels. Ich half ihr aus dem Wintermantel, sie lehnte sich an mich, aber ich weiß nicht, ob es absichtlich oder nur ein Zufall war. Diesmal trug sie ein dunkelblaues Kleid aus reiner Kaschmirwolle, in dem sie sogar noch attraktiver aussah. Dazu eine goldene Kette mit einem speziellen ovalen Anhänger aus blauem Opal. Ihre Ohrringe waren aus demselben Edelstein gefertigt. Ich fand sie bezaubernd schön und fragte sie, ob sie wisse, dass Opale Unglück brächten? Lachend wollte sie erfahren, woher ich den Unsinn hätte. Und ich erklärte, dass mir das ein Aborigine in Australien erzählt habe, als ich in *Lightning Ridge,* dem Opalminen-Städtchen im Outback, Opale kaufen wollte. Aberglaube, lachte sie und wir sprachen dann über etwas anderes. Sie war gesprächiger als am Tag zuvor. Und sie erzählte von ihrem Studium der Kunstgeschichte, ihren Reisen und ihren Lieblingsschriftstellern. Ich fühlte mich glücklich. Der Abend ging rasch vorbei. Ich übernahm die Rechnung, obschon sie es nicht wollte, doch ich bestand darauf, und sie gab schließlich nach. Als wir das Restaurant verließen, schlug sie einen Spaziergang in den menschenleeren Gassen vor. Sie hängte sich bei mir ein und wir schlenderten durch die schlafende Stadt. Ab und zu erschien zwischen den Wolken der Mond. Er hatte die Form einer Zwetschge. Ich sah im Mond ein Frauengesicht und sagte es ihr. Sie lachte und meinte, für sie sei es eher ein Männergesicht. Deswegen heiße der Trabant der Mond und nicht die Mond. Aber wenn ich es wünschte, könnten wir das Pronomen auswechseln. Ein weiblicher Mond würde wahrscheinlich wärmeres Licht ausstrahlen. In den lateinischen Sprachen sei er schließlich weiblich, im Italienischen zum Beispiel heiße er *la luna*. Lachend gingen wir weiter. Wir begegneten keiner Seele. In einem Gässchen blieben wir vor einem kleinen Laden stehen, in dem noch das Licht brannte. Im Schaufenster hingen bunt bemalte Karnevalsmasken aus Pappmaschee. Aus der halb offenen Tür strömte Klaviermusik: die *Goldberg-Variationen* von Johann Sebastian Bach. Die Interpretation gefiel mir. Ich warf einen Blick in den Laden. Zuhinterst saß ein Mann mittleren Alters mit langen dunklen Haaren und einem Vollbart. Er malte gerade an einer klassischen venezianischen *Scaramouche oro* Maske, tunkte periodisch den Pinsel in eine Dose mit goldener Farbe, die inmitten vieler kleiner Farbdosen vor ihm auf dem Tisch stand. Dazu hörte er Musik. Ich überlegte, wer die Aufnahme eingespielt haben mochte. Wir betraten den Laden und ich fragte ihn nach dem Interpreten. Er schien nicht überrascht zu sein uns vor sich zu sehen, obschon es bereits halb eins in der Nacht war, als wäre es das Normalste der Welt, dass zu dieser Zeit noch Kunden bei ihm auftauchten. Er nannte den Namen eines mir unbekannten persischen Pianisten, der für mich schwierig zu behalten war. Wir lauschten eine Weile dem berühmten Stück, das Bach angeblich für einen Fürsten geschrieben hatte, der an Schlaflosigkeit litt. Nach einem anekdotischen Bericht musste dessen Cembalist Johann Gottlieb Goldberg, ein begabter Schüler von J. S. Bachs Sohn Wilhelm Friedmann Bach, hinter einem Vorhang das Stück so lange spielen, bis der Adlige einschlief. Anscheinend – so berichtet die Anekdote – habe die Musik ihre Aufgabe erfüllt: Der Fürst sei jeweils eingeschlafen wie ein Säugling auf der Brust seiner Mutter, und Bach habe dafür ein paar goldene Dukaten bekommen.»

«Ein Beweis, dass die Musik Wunder bewirken kann!», lachte Jakob.

«Das kann man ruhig sagen», schmunzelte Jonathan, «vor allem, wenn es ein Werk des erwähnten Meisters ist. Aber seine Musik ist zum Hören und nicht zum Einschlafen da.»

«Ein Meisterwerk par excellence», bestätigte Jakob.

«Ich fragte den Maskenmaler, ob er Venezianer sei», fuhr Jonathan fort. «Dieser fühlte sich geschmeichelt, dass ich seinen türkischen Akzent nicht bemerkt hatte. In Venedig nach Mitternacht einen Türken in einem Laden anzutreffen, der venezianische Masken anmalt und dazu die *Goldberg-Variationen* von Bach hört, die Einspielung eines Persers, fand ich sehr bemerkenswert. Aber in jener Nacht schien alles möglich zu sein. Ich lobte die Interpretation und bedankte mich. Dann verließen wir den Laden. Bald kamen wir zum *Canal Grande*. Sie blieb stehen. Zahlreiche Gondeln, die man an den Pfosten angebunden hatte, bewegten sich unruhig auf dem Wasser. Das Mondlicht spiegelte sich auf ihren schwarzen Rümpfen und malte auf der Wasseroberfläche unzählige sich wiegende und überschneidende Ellipsen. Und ich stand da, in Venedig, mitten in der Nacht, mit der Frau meiner Träume, und konnte mein Glück kaum fassen. Die Kälte störte uns nicht. Wir umarmten und küssten uns. Plötzlich tauchte aus der Dunkelheit ein kleiner Vietnamese auf. Er trug rote Rosen, ein großes Bouquet. Und er versuchte sie uns zu verkaufen. Sie lachte und sagte ihm, sie brauche keine Blumen. Er lamentierte auf Italienisch mit einem lustigen vietnamesischen Akzent, dass er an diesem Abend noch keine einzige Rose verkauft habe. Er gebe sie uns für bloße zehn Euro, die Zeit sei fortgeschritten und morgen seien sie nicht mehr ganz frisch. Ich reichte ihm das Geld, wonach er mir alle seine Rosen übergab und so schnell wie möglich in der Dunkelheit der Gassen verschwand. Anscheinend befürchtete er, ich könnte es mir noch anders überlegen. Ich überreichte ihr das Bouquet. Sie wollte es zuerst nicht annehmen, aber es war leicht zu sehen, dass sie sich freute.

«Sei mir bitte nicht böse, aber das kommt mir allzu romantisch vor, um wahr zu sein», schmunzelte Jakob. «Wozu sollte ein Rosenverkäufer um Mitternacht im winterlichen Venedig herumlaufen, wenn er von vornherein weiß, dass die Chance, etwas zu verkaufen, gleich null ist?»

«Du musst es mir nicht glauben, wenn du nicht willst, aber so war es», entgegnete Jonathan. «Wozu sollte ich mir das ausdenken? Um dir Eindruck zu machen? Da kennst du mich noch zu wenig.»

«Nimm es nicht so ernst», sagte Jakob, «es kommt mir nur ein bisschen unrealistisch vor. Das Auftauchen des Rosenverkäufers im richtigen Moment wirkt fast zu theatralisch. Aber ich gebe zu, dass im Leben solche Dinge schon mal vorkommen können.»

«Soll ich trotz deiner Zweifel weitererzählen?», fragte Jonathan.

«Unbedingt! Ich bin ganz Ohr!», rief Jakob.

«Ich weiß nicht mehr, wie lange wir dort, an dem stillen Kanal, gestanden haben. Wahrscheinlich sehr lange, weil uns die Kälte unter die Mäntel kroch und wir zu frieren anfingen. Ich bemerkte, dass ihr Körper in meinen Armen zu zittern begann. Anfänglich dachte ich, dass sie ebenso erregt sei wie ich. Doch dann sagte sie, dass sie die Kälte nicht mehr aushalte. Sie möchte jetzt zurück zu ihrem Hotel gehen. Ich schlug vor, sie zu begleiten und das Bouquet bis dorthin zu tragen, und sie war einverstanden.»

«Ging das aber schnell!», rief Jakob. Seine Stimme klang, als wäre er enttäuscht.

Jonathan schaute ihn verwundert an.

«Du erzählst schon den ganzen Abend über diese Frau, aber bis jetzt hast du ihren Namen nicht erwähnt», sagte Jakob vorwurfsvoll. «Wie hieß sie eigentlich? Hatte sie einen Namen? Oder ist das ein gut gehütetes Geheimnis?»

«Sie verriet mir ihren Namen nicht. Weder an jenem betreffenden Abend noch am nächsten Tag. Aber lass mich bitte weitererzählen, alles schön der Reihe nach. Du wirst den Namen früh genug erfahren.»

«Du machst es ganz schön spannend! So bist du schon am ersten Abend mit ihr im Bett gelandet. Und du hast nicht einmal ihren Namen gewusst ... »

Jakobs Stimme klang belegt, als wäre er heiser.

«Ich muss dich leider enttäuschen. Ich hatte sie nur bis zum Hoteleingang begleitet, und das war alles. Wir hatten uns auf den folgenden Tag verabredet, ich reichte ihr die Rosen, sie gab mir einen flüchtigen Kuss und ließ mich allein. Ich blieb vor ihrem Hotel eine Zeit lang stehen. Und ich fühlte mich einsamer als je zuvor.»

«Und dann?», fragte Jakob ungeduldig.

«Ja, was dann? Ich ging zurück zu meinem Hotel. Der Teufel wollte es, dass ich mich dabei verlief, sodass ich mehr als eine Stunde brauchte, um es zu finden.»

Jakob schaute eine Weile ins Leere. Dann trank er seinen Grappa aus und seufzte.

«Ach diese Frauen! Man weiß nie, was sie denken und wie sie reagieren. Sie machen sich einen Sport daraus, uns zappeln zu lassen und an unseren Fähigkeiten zu zweifeln. So hast du dich also den ganzen Abend umsonst bemüht, und am Ende bist du leer ausgegangen. Du musst sehr enttäuscht gewesen sein, ich kann es dir nachfühlen.»

«Anfänglich ja. Doch später war ich froh. Es hätte mich mehr enttäuscht, wenn sie mich nach so kurzer Zeit aufs Zimmer mitgenommen hätte. Wir kannten uns ja kaum. Schon bei unserer ersten Begegnung hatte ich nicht den Eindruck, dass sie der Typ Frau für einen One-Night-Stand war. Ich erlebte sie als eine zurückhaltende und gleichzeitig selbstbewusste Persönlichkeit, die genau wusste, was sie wollte.»

«Kam sie am nächsten Tag zur Verabredung?»

«Ja. Sie kam und schlug vor, einen Spaziergang am Strand zu machen. Zwar spielte das Wetter nicht mit, es war zu kalt, aber das war uns egal. Etwas mussten wir ja unternehmen. Mit einem Vaporetto fuhren wir über das unruhige Wasser der Lagune zum Lido. Dann gingen wir über den feuchten Sandstrand. Sie bückte sich ab und zu, sammelte Muscheln, wusch sie im Meerwasser und steckte sie in ihre Handtasche. Eine von ihnen hielt sie länger in der Hand und bewunderte das rosafarbene Perlmutt. Ich sah ihr zu, und das Bild bleibt bis heute in meinem Gedächtnis eingebrannt. Es war die reinste Poesie: Eine anmutige Frau auf einem menschenleeren Strand unterm bedeckten Himmel mit einer rosa Muschel in der Hand. Es war einer dieser Momente, die einem das Leben nur ein einziges Mal bietet. Ich offenbarte ihr meine Empfindungen und sie schmunzelte über meine romantische Ader. Dann hielt sie mir die Muschel vor die Augen: «Schau mal, die da ist sehr schön!» Das Perlmutt hatte eine kräftig leuchtende rosa Farbe. «Im Perlmutt dieser rosa Muschel schlummern Geschichten», sagte ich, und in meiner Verliebtheit kam ich mir vor wie ein echter Dichter.

«Und Träume», ergänzte sie und steckte die Muschel in ihre Handtasche. Mir fielen ihre klammen Finger auf. Sie waren blau vor Kälte. Ich nahm sie zwischen meine Handflächen und wärmte sie. Das gefiel ihr offensichtlich. Doch bald befreite sie ihre Hände aus meinem Griff und steckte sie in die Taschen. Ich knöpfte meinen Mantel auf, zog sie fest an mich, um ihren durchkühlten Körper aufzuwärmen. Sie legte den Kopf an meine Schulter, schloss die Augen. In dieser Umarmung standen wir auf dem leeren Strand, in den Ohren nur die Geräusche der Brandung, das Geschrei der Möwen und das Geflüster des Windes. Ich fühlte mich glücklich wie noch nie in meinem Leben. Nach einer Weile löste sie sich aus meiner Umarmung. Wollen wir irgendwo etwas Warmes trinken? fragte sie. Das war leichter gesagt als getan. Auf dem Lido war alles geschlossen. Erst in der Nähe der Vaporetto-Station fanden wir eine geöffnete Bar. Wir setzten uns möglichst nah an den elektrischen Ofen, tranken heißen Grog und unterhielten uns über Tintorettos Fresken und Gemälde. Ihre Augen leuchteten. Es war, als streichle sie mich mit ihren Blicken. Plötzlich fing sie an zu lachen. Mein Gott, ich habe mich immer noch nicht vorgestellt! Sie gab mir die Hand: Ich heiße Susanne. In diesem Moment fiel mir ein, dass ich mich auch noch nicht vorgestellt hatte. Es war mir peinlich. Jonathan, sagte ich verlegen. Sie stand auf, beugte sich über den Tisch und gab mir einen Kuss auf die Lippen. Damit hatte ich nicht gerechnet. Wir schauten uns an und lachten ausgelassen wie zwei übermütige Kinder. Lange konnten wir damit nicht aufhören. Wenn unser Lachen verstummte, reichte es, dass wir uns kurz anschauten, und sogleich brachen wir wieder in Gelächter aus. Sie legte ihre rechte Hand auf den Tisch. Ich deckte sie mit meiner zu. Plötzlich bemerkte sie ein Vaporetto, das gerade im Begriff war, anzulegen. Sie schlug vor, zur Piazza San Marco zurückzufahren. Ich ließ einen Geldschein auf dem Tisch liegen, dann eilten wir hinaus in die Kälte. Kaum waren wir auf der Mole angelangt, legte das Boot an. Wir gingen an Bord, setzten uns, und schon fuhren wir los. Ich hielt ihre Hand, sie lehnte ihren Kopf an meine Schulter. Noch nie zuvor hatte ich mich einer Frau so nah gefühlt. Die Bootsfahrt war leider schnell vorbei. Am liebsten wäre ich noch stundenlang weitergefahren.»

Jonathan verstummte. In Gedanken versunken blickte er auf sein leeres Glas.

«Wollen wir noch etwas trinken?», fragte Jakob.

Jonathan schüttelte den Kopf.

«Heute hab' ich schon genug getrunken, genug gegessen und mehr als genug gesprochen.» Er blickte auf seine Armbanduhr. «Es ist spät geworden. Morgen ist auch ein Tag.»

«Ich würde gerne wissen, wie deine Geschichte ausgeht», sagte Jakob etwas enttäuscht.

Jonathan sah ihn an.

«Ein guter Grund, uns morgen wiederzusehen.»

Jakob fing an zu lachen. Aber sein Lachen hatte etwas Gezwungenes, Unechtes.

«Du machst es ganz schön spannend! Aber wenn du nicht weitererzählen magst, bleibt mir nichts anderes übrig, als zu warten. Morgen bin ich leider verhindert, doch übermorgen würde es mich freuen, wenn wir uns erneut treffen könnten. Vergiss aber nicht, dass bald der Karneval anfängt. In dem Jubel und Trubel werden wir kaum Zeit für Gespräche haben.»

«Sieh mal an!», rief Jonathan, «Das habe ich ganz vergessen.»

«Das hab' ich mir gedacht», bemerkte Jakob. «Vielleicht wäre das ein triftiger Grund, mir deine Geschichte weiterzuerzählen. Es muss nicht detailliert sein. Mir reichen nur ein paar kurze Sätze, weil es mich brennend interessiert, wie es mit Susanne und dir weiterging.»

Etwas verwundert sah Jonathan ihn an.

«Soll ich die Spannung der Geschichte zerstören, noch bevor sie zu Ende ist? Möchtest du das wirklich?»

Jakob schwieg eine Weile. Dann trank er einen Schluck Wein und räusperte sich.

«Das nehme ich in Kauf. Ich bin ein ungeheuer neugieriger Mensch. Wenn ich etwas wissen will, beschäftigt es mich Tag und Nacht. Die Gedanken kreisen in meinem Kopf wie ein Schwarm hungriger Geier. Sie hacken mit ihren scharfen Schnäbeln auf mich ein, lassen mich die ganze Nacht nicht schlafen und hören nicht auf, bis ich ihnen genügend Futter gegeben habe. Erst dann habe ich Ruhe. Willst du mich etwa quälen?»

«Warum sollte ich das? Ich habe keinen Grund dazu», sagte Jonathan.

«Na also, warum weigerst du dich dann?»

«Es ist schon spät, und der Kellner will auch einmal Feierabend machen.»

«Du kannst mir deine Geschichte mit nur zwei oder drei Sätzen zu Ende erzählen.»

«Also gut. Wie ging es weiter? Was meinst du?»

«Schwer zu sagen. Es bestehen zwei Möglichkeiten. Entweder reiste sie ab, ohne dir noch einmal zu begegnen, oder sie traf dich wieder und ging dann aufs Ganze. Andere Varianten sind ausgeschlossen, denke ich.»

«Es könnte auch sein, dass sie sich entschlossen hätte, mich nicht mehr zu treffen, jedoch in Venedig geblieben wäre und mich heimlich beobachtet hätte, um zu sehen, wie ich mit meiner Enttäuschung umgehen würde», sagte Jonathan trocken.

«Stimmt. An diese Möglichkeit hab' ich nicht gedacht», sagte Jakob und Jonathan hatte den Eindruck, dass seine Stimme erleichtert klang.

«Es gäbe noch viele andere Varianten. Die Frauen haben in diesen Dingen eine grenzenlose Fantasie», murmelte Jonathan und schaute dabei in sein leeres Weinglas. Er drehte es eine Zeit lang zwischen Daumen und Zeigefinger und schwieg.

«Aber ich will dich mit der Aufzählung weiterer Möglichkeiten nicht langweilen», sagte er. «Susanne rief mich im Hotel an. Wir machten ab, trafen uns und fanden zueinander. Wir verbrachten eine Woche zusammen. Die Tage und Nächte flossen ineinander im Duft der Rosen, die noch tagelang frisch blieben, wie in einem wunderbaren Traum. Leider eilten die Tage schnell dahin. Für mich war das die schönste Zeit meines Lebens. Und ich hoffe für sie auch, selbst wenn ich sie, nachdem wir uns verabschiedet und sie Venedig verlassen hatte, nie mehr gesehen habe. Ich konnte nie begreifen, warum sie sich nicht gemeldet hat. Meine Adresse und Telefonnummer hatte ich ihr vor ihrer Abreise gegeben. War ich für sie doch nur ein Ferienabenteuer gewesen? Ich weiß es nicht. Jetzt hast du alles über die Begebenheit erfahren. Noch etwas beifügen zu wollen, ist überflüssig.»

«In der Tat», sagte Jakob trocken. Er sah Jonathan an. «Hast du nie darüber nachgedacht, dass sie vielleicht bei einem Unfall oder an einer Krankheit ums Leben kam?»

«Unfall, Krankheit? Wie meinst du das?»

«So, wie ich es sage. Zum Beispiel ein tödlicher Autounfall. Das kommt auf Deutschlands stark frequentierten Straßen und Autobahnen öfter vor, als man meinen könnte. Oder eine akute Infektion mit fatalen Folgen. Es gibt ja unzählige Todesvarianten.»

«Allerdings! Aber daran habe ich nie gedacht», sagte Jonathan. «Und, das will ich auch jetzt nicht glauben. Selbst wenn sie mich sitzen ließ und mich wahrscheinlich schon längst vergessen hat, könnte ich ihr nichts Böses wünschen. Im Gegenteil. Ich hoffe, dass sie irgendwo in Deutschland eine Familie hat, vielleicht auch schon Enkelkinder, und glücklich ist.»

Jakob schaute ihn an, als traute er seinen Ohren nicht. Sein Gesicht hatte einen schwer definierbaren Ausdruck. Doch schon ein paar Sekunden später hellte es sich auf.

«Nach all dem, was du mir da erzählt hast, bin ich geneigt, dir zu glauben. Du scheinst das Herz auf dem rechten Fleck zu haben. Das also war der wahre Grund deiner Reise. Ich hatte es mir gedacht, von allem Anfang an, weil mir nur diese Überlegung plausibel vorkam. Wozu solltest du sonst in der Zwischensaison nach Venedig kommen? Für die meisten Leute wäre es deprimierend, hier bei dem schlechten Wetter die Zeit totschlagen zu müssen. Etwas Gewichtiges musste dich dazu getrieben haben, sonst hättest du dir die Mühe erspart. Es ist bekannt, dass der Täter einmal zum Tatort zurückkehrt …»

«So könnte man es auch sehen», sagte Jonathan ruhig, «doch von einem Täter würde ich in meinem Fall nicht reden. Und wenn schon, dann müsstest du das im Plural sagen. In dieser Geschichte spielten beide Protagonisten ihre Rollen freiwillig. Es war Liebe, darin besteht für mich kein Zweifel. Selbst wenn sie nur eine Woche lang währte. Der besondere Glanz in ihren Augen verriet mir deutlich, dass sie mich liebte. Und ich …», Jonathan unterbracht den Satz, schluckte und schwieg dann kurz, «ich kann sie bis heute nicht vergessen.»

«Das war nur ein dummer Scherz von mir. Es tut mir leid. So hab' ich es wirklich nicht gemeint», entschuldigte sich Jakob. «Hie und da entschlüpfen mir unbewusst unpassende Formulierungen. Vielleicht liegt es daran, dass ich gerne TV-Krimiserien konsumiere, vor allem solche, die in Venedig spielen. Ich bitte dich um Entschuldigung für meine dumme Bemerkung.»

«Kein Problem», sagte Jonathan und gähnte.

«Wie kommt es, dass du mit ihr nur ein paar Tage verbracht hast und trotzdem kannst du sie, selbst nach so vielen Jahren, nicht vergessen?», fragte Jakob.

«Das kann ich mir auch nicht erklären. Aber gibt es da überhaupt eine Erklärung? Oft frage ich mich, wie es wäre, wenn sie sich bei mir gemeldet hätte. Wie wäre unsere gemeinsame Zukunft gewesen? Es würde mich interessieren, wie sich unsere Beziehung entwickelt hätte. Doch das kann ich unmöglich wissen. Das Einzige, was ich weiß, ist, dass ich an sie immer wieder denken muss, dass ich sie nicht vergessen kann. Es ist, als würde sie in meinen Gedanken weiterleben und mir in meinem einsamen Leben Gesellschaft leisten. Manchmal führe ich Gespräche mit ihr, wenn ich am Abend Musik höre. Und wenn ich am Flügel Bachs *Goldberg Variationen* spiele, sehe ich das Bild vor mir, wie wir in dem Maskenladen stehen und dieselbe Musik hören. Vielleicht wäre das Leben mit ihr ein einziger schöner Traum gewesen. Vielleicht wäre es ein fürchterliches Desaster geworden, nachdem sich die Leidenschaft abgekühlt hätte. Aber auch gut möglich, dass wir einander bis ans Ende unserer Tage geliebt hätten. Selbst dieser Gedanke ist nicht so abwegig, wie er klingen mag. Damals hatte ich ihre Liebe in jeder Zelle meines Körpers gespürt. Aber keiner kann wissen, wie sie sich entwickelt hätte. Vielleicht hätten wir uns auseinandergelebt und einander gehasst, wie es mit manchen alten Ehepaaren, die im Dauerstreit zusammenleben, geschieht. Sie streiten täglich und können sich trotzdem nicht voneinander lösen. Hätte unsere Beziehung sich vielleicht auch zu einer solchen Hassliebe entwickelt? Ich weiß es nicht. Niemand kann wissen, was ihn in der Zukunft erwartet. Und das ist gut so. Wer kann schon solche Dinge im Voraus sehen? Vielleicht ein Hellseher. Aber ich bin keiner. Warum sie aus meinem Leben ohne Erklärung verschwand, ist mir nach wie vor ein Rätsel. So hatte ich sie nicht eingeschätzt. War ihr meine Liebe nicht gut genug, dass sie mich auf diese an sich unhöfliche Art verließ? Einmal, als sie in meinen Armen lag, sagte sie mir, sie sei sich nicht sicher, ob ich nicht nur ihren Körper liebe. Das überraschte mich. Es kommt mir bis heute befremdlich vor, dass sie meine Liebe nicht gespürt hatte. Wollte sie etwa sehen, wie ich auf ihren Satz reagieren würde? Wollte sie mich provozieren und prüfen, ob ich sie wirklich liebte? Ich denke oft an sie und frage mich, woran es liegt, dass sie ein Leben lang in meinen Gedanken dominiert? Vielleicht hatte sie recht, wenn sie vermutete, ich würde nur ihren Körper lieben und nicht sie als selbstständige Frau mit allem, was sie war. War es etwa die Liebe an sich, die ich mein Leben lang gesucht hatte und nie finden konnte, die ich auf sie projizierte, und sie hatte es gespürt? Obschon ich oft darüber nachgedacht habe, kam ich nie zu einem befriedigenden Resultat. Und bis heute weiß ich darauf keine Antwort. Aber ich hoffe, wie bereits gesagt, dass sie irgendwo mit ihrer Familie lebt und es ihr gut geht. Auch für den Fall, dass sie mich schon vor langer Zeit vergessen hat.»

«Was gibt dir die Sicherheit an so etwas zu glauben?», fragte Jakob.

«Keine Ahnung. Etwas in mir flüstert mir ein, dass dem so sein muss. Sonst hätte sie mich kontaktiert. Aber das ist nur meine Vermutung. Woher will ich das so gut wissen, was da gelaufen ist? Der Gedanke kommt mir immer wieder, und ich spüre so etwas wie Eifersucht. Interessant, nicht wahr? Ich weiß nichts über sie. Aber eines weiß ich: Sie war die einzige Frau in meinem Leben, die ich wirklich geliebt habe. Und die ich, wie gesagt, bis heute nicht vergessen kann.»

Jakob schwieg. Er schaute mit leeren Augen vor sich hin, als wäre er mit den Gedanken weit weg. Dann bewegte er sich, blickte Jonathan an, darauf sein Weinglas und rief dem Kellner zu, er möchte zahlen.

«Diesmal bin ich an der Reihe», protestierte Jonathan.

«Kommt nicht infrage! Du bist mein Gast», entgegnete Jakob. «Übrigens, wie du erwähnt hast, ruht dein Lieblingsdichter auf San Michele. Vielleicht könnten wir sein Grab gemeinsam besuchen und einen Kieselstein auf seine Grabplatte legen.»

«Eine gute Idee», sagte Jonathan. «Strawinskys Grab habe ich bereits besucht, jetzt wäre das Grab des Russen an der Reihe. Das wollte ich eigentlich tun, als ich dort war, aber ich bin nicht dazugekommen.»

«Ich weiß, ich weiß! Ich habe dich abgelenkt, nicht wahr? Doch das ist nicht so schlimm, man kann es immer noch nachholen. Aber das muss warten. Es gibt ein anderes Programm: In drei Tagen fängt der *Carnevale di Venezia* an. Der hat jetzt Vorrang, weil er gut vorbereitet werden will. Das passende Karnevalskostüm, Schuhe, Hut und so weiter. Es gibt viel zu tun. Ich hoffe, dass du auch mitmachen willst?»

Jonathan nickte zustimmend.

«Gut. Ich werde dich im Hotel abholen, wenn es so weit ist», sagte Jakob, hielt sich die Hand vor den Mund und gähnte. «Jetzt spüre ich die Müdigkeit in den Knochen», gab er zu und stand auf.

Der Kellner half ihnen in die Wintermäntel und bedankte sich überschwänglich für ihren Besuch. Jonathan musste innerlich lachen. Er hatte gesehen, dass Jakob ihm viel mehr Trinkgeld gab, als dieser erwartet hatte. Nichts macht einen Kellner glücklicher und unterwürfiger als reichliches Trinkgeld. Als sie zum *Canal Grande* kamen, bedankte sich Jakob für den angenehmen Abend und empfahl Jonathan, ein Vaporetto bis zur *Ponte dell' Accademia* zu nehmen, so könne er sich nicht verlaufen.

Jonathan hielt ihn am Ärmel fest.

«An die Variante eines Autounfalls oder einer tödlichen Krankheit will ich schon aus Prinzip nicht glauben», sagte er. «Das würde ich nicht einmal einem Feind wünschen. Für mich lebt Susanne immer noch.»

«Das kann ich gut verstehen», sagte Jakob. «Die Möglichkeit ihres Todes hatte ich bloß erwähnt, weil sie mir durchaus realistisch vorkam. Schließlich bin ich ein Mediziner und als solcher habe ich keine Berührungsängste mit dem Tod. Durch meinen Beruf bin ich ein Pragmatiker geworden. Aber deine

Reaktion ist für mich verständlich, ich hatte sie erwartet: Wer will schon seine große Liebe so banal sterben lassen?»

Mit einem festen Handdruck verabschiedete er sich und ging. Jonathan sah ihm nach, bis er in eine Seitengasse einbog und verschwand. Es fing von Neuem an zu regnen. Jonathan war froh, dass er nicht lange warten musste, bis ein Vaporetto kam. Es war eine dunkle Nacht. Er blickte durchs Fenster auf den Kanal. Das Wasser wirkte jetzt pechschwarz wie ein traumloser Schlaf. Die Wasseroberfläche reflektierte das fahle Neonlicht des Bootes. Plötzlich bemerkte er eine Gondel, die aus dem Nichts auftauchte und das Vaporetto ganz nah kreuzte. In der Gondel stand eine Gestalt mit schwarzem Hut und Mantel. Jonathan erstarrte. Es kam ihm vor, als würde ihn der Unbekannte feindlich anstarren. Ob dem wirklich so war, konnte er nicht mit Sicherheit sagen, denn das Gesicht des Fremden lag im Schatten seines Hutes. Der Gondoliere war ganz in Weiß gekleidet und wirkte wie eine Schaufensterpuppe. Einen Augenblick später löste sich die Erscheinung im Regenschauer auf. Jonathan spürte Gänsehaut am ganzen Körper. Schon wieder diese verfluchte Gondel, dachte er, war die Spukgestalt echt oder nur eine Halluzination? Was ist mit mir los? Vielleicht sollte ich keinen Alkohol mehr trinken. Das tut mir nicht gut.

# 10

Ein dichter Nebel hatte während der Nacht die Lagunenstadt eingehüllt. Es herrschte die berühmte venezianische *Nebbia*, in der alles zu einer grauen, undurchsichtigen Masse verschwimmt. Jonathan konnte nicht einmal die Palazzi auf der anderen Seite des Kanals sehen. Dass es sinnlos wäre, bei diesen Wetterbedingungen spazieren zu gehen, stand für ihn fest. Der Nebel erschwerte die Orientierung. Das war unangenehm, aber es ließ sich nicht ändern. Er entschloss sich, im Hotel zu bleiben und ins Buch seines Lieblingsdichters einzutauchen. Zwar hatte er es schon mehrmals gelesen, doch er stieß darin immer wieder auf etwas Neues. Er erinnerte sich an eine Stelle, in der die venezianische *Nebbia* beschrieben wird und blätterte im Buch, bis er sie fand. Der Dichter schrieb, der Nebel sei einmal so dicht gewesen, dass er keine Lust hatte, das Hotel zu verlassen. Als er jedoch merkte, dass ihm die Zigaretten ausgingen, sah er sich gezwungen, zum nahen Kiosk zu gehen, um sich ein Päckchen der begehrten Glimmstängel zu holen. Sein Körper bahnte sich eine Art Tunnel durch den Nebel, der eine Zeit lang bestehen blieb, sodass man sich bei der Rückkehr ins Hotel an ihm orientieren konnte. Erst nach mehreren Minuten habe er sich wieder aufgelöst. Jonathan hatte Zweifel am Wahrheitsgehalt der Beschreibung. Sie kam ihm zu übertrieben, wenn nicht gar völlig unmöglich vor. Er trat ans Fenster. Es wurde ihm fast schwindelig, als er die graue Nebelwand einige Minuten lang anschaute. Im Grau des Nebels gab es keinen Anhaltspunkt. Es kam ihm vor, als schwebe er in der Unendlichkeit des Universums. Eine Übelkeit, die an Seekrankheit erinnerte, befiel ihn. Er legte sich aufs Bett und schloss die Augen. Nach kurzer Zeit fühlte er sich besser. Dann versuchte er zu einzuschlafen, aber der Schlaf wollte nicht kommen. Das verwunderte ihn keineswegs, denn müde war er eigentlich nicht. In der vergangenen Nacht hatte er ausgiebig geschlafen. Er verspürte Lust auf Kaffee und Brioche. Liegend las er noch eine Weile im Buch. Als er sich endlich erhob, stand sein Entschluss fest. Er musste hinausgehen, um etwas Essbares zu kaufen. Jetzt konnte er überprüfen, ob der Tunnel im Nebel, wie ihn sein Lieblingsdichter beschrieben hatte, realistisch oder nur erfunden war. Er zog seine Schuhe und den Mantel an. Plötzlich klopfte jemand an die Tür. Er öffnete. Eine Frau mittleren Alters stand vor ihm. Sie trug eine gelbe Arbeitsschürze und ein Kopftuch gleicher Farbe.

«Haben Sie vor auszugehen?»

«Ja. Warum?»

«Darf ich in Ihrer Abwesenheit das Zimmer sauber machen?»

«Das ist nicht nötig, ich komme ja bald wieder zurück. Zudem ist das Zimmer nicht so schmutzig, dass es unbedingt gemacht werden müsste.»

«Oh doch Signore. Sie sehen es bloß nicht. Ich werde mich beeilen. Es wird fertig sein, bevor sie zurückkommen.»

Jonathan gab sich geschlagen.

«Von mir aus, machen Sie doch was Sie wollen», sagte er und blickte in ihre dunkelbraunen Augen.

«Signora, haben Sie hier kürzlich eine gerahmte Fotografie weggenommen?»

«Welche Fotografie?»

«Sie wissen doch genau welche.»

«Das weiß ich nicht. So etwas würde mir nie einfallen, Signore. Meinen Sie, dass ich meine Arbeit verlieren will? Ich bin eine ehrenhafte Frau, merken Sie sich das!», rief sie beleidigt. «Ich finde es nicht schön von Ihnen, dass Sie mich verdächtigen.»

Sie blickte zum Tisch hin.

«Aber da steht sie doch, Ihre Fotografie. Dort auf der Tischplatte steht sie!»

«Ja, das stimmt. Aber sie war einen ganzen Tag lang verschwunden und tauchte erst heute wieder auf.»

«Dann ist doch alles in Ordnung, oder? Sie haben sie ja wieder.»

«Wie man es nimmt.»

«Ich habe damit nichts zu tun. Glauben Sie mir doch! Was sollte ich schon mit einer fremden Fotografie machen?»

Sie war sichtlich bedrückt. Und es war nicht schwer zu erkennen, dass sie nicht log.

«Ach vergessen sie es!», sagte Jonathan harsch. Im selben Moment wurde es ihm bewusst, dass er die arme Frau beleidigt hatte. Er entschuldigte sich in aller Form und drückte ihr einen Zehneuroschein in die Hand. Sie sah ihn dankbar an und lächelte. Für sie schien das Problem vergessen zu sein.

«Signore, darf ich Sie um etwas bitten?»

«Was denn?»

«Sagen Sie es bitte nicht Herrn Loredano. Ich brauche diesen Job.»

«Ich sage es niemandem. Sie können sich darauf verlassen.»

«Grazie, Signore.»

An der Rezeption kam ihm Loredano entgegen.

«Wo wollen sie denn hin, Signore Gut? In dieser *Nebbia* sieht man nicht einmal die eigene Nasenspitze. Das ist wirklich kein Wetter für Spaziergänge.»

«Das ist mir bewusst», entgegnete ihm Jonathan, «aber ich muss etwas essen. Ich habe immer noch kein Frühstück gehabt.»

«Es tut mir leid. Aber wir führen keine Küche. Als Hotel garni bieten wir nur Logis an. Sie hätten gestern vorsorglich etwas Kleines zum Essen einkaufen sollen. Im Winter muss man immer mit der *Nebbia* rechnen und für solche Fälle gewappnet sein. Die *Nebbia* ist eine launische Frau: Sie kommt und geht, wie es ihr passt. Und man weiß nie, wann sie kommt und noch weniger, wann sie wieder geht.»

«Woher hätte ich das wissen sollen? Keiner hat mich darüber aufgeklärt», sagte Jonathan. Dann fiel ihm der Bericht seines Lieblingsdichters ein und er korrigierte sich. «Zugegeben, ich habe über dieses Phänomen gelesen, doch es fiel mir schwer zu glauben, dass es wirklich so schlimm sein könnte.»

«Wo haben Sie denn darüber gelesen?», fragte Loredano neugierig.

«In einer poetischen Prosa über Venedig», sagte Jonathan. Dann nannte er den Titel des Buches und den Namen des Schriftstellers.

«Dieser Mann ist ein Dichter nach meinem Gusto!», rief Loredano begeistert. «Er bekam sogar den begehrtesten Preis für Literatur, nicht wahr? Und er hat ihn verdient. Es ist ein äußerst treffendes Buch über die Serenissima. Man merkt dem Text sofort den Dichter an. Ich habe sein Gesamtwerk gelesen, selbstverständlich in italienischer Übersetzung. Kaum jemand hat Venedig schöner beschrieben als er. Die Ausnahme bilden nur Henry James und Thomas Mann. Was dieser Dichter über unsere Stadt schrieb, ist eine Ode auf die Schönheit unserer Serenissima. Die reinste Poesie, selbst wenn es sich dabei um einen Prosatext handelt. Er war Ehrenbürger von Venedig, haben Sie das gewusst? Und er hat seine letzte Ruhestätte auf *San Michele* ganz gewiss verdient. Aber ich will Sie nicht länger aufhalten. Machen Sie, was immer Sie für richtig halten, Signore. Aber nur auf eigene Verantwortung. Ich habe Sie gewarnt. Seien Sie bitte vorsichtig, die Gassen sind jetzt feucht und glitschig.»

Loredanos Belesenheit überraschte Jonathan. «Wenn ich nicht mehr zurückkehren sollte, so bin ich ausgerutscht und ins Wasser gefallen», witzelte er. «Rufen Sie dann unverzüglich die Polizei an, sie soll mich aus dem Kanal herausfischen.»

Loredano zog die Augenbrauen hoch und schüttelte missbilligend den Kopf.

«Es ist nicht gut, den Teufel an die Wand zu malen, Signore. Sie sollten darüber nicht scherzen. Es passieren immer wieder Unfälle während der *Nebbia*, weil sie von gewissen ignoranten Touristen nicht ernst genommen wird. Sie wird von ihnen maßlos unterschätzt und dann jammern sie.»

«Ich werde mir Mühe geben heil wieder zurückzukommen», sagte Jonathan lächelnd, «das verspreche ich Ihnen.»

«Also dann, viel Glück!», sagte Loredano.

Jonathan trat vor die Hoteltür. Er blieb eine Weile stehen und überlegte, wie er am schnellsten zur nächsten Bar gelangen könnte. Er war schon einige Male dort und war überzeugt, dass es ihm selbst im dichten Nebel keine nennenswerten Schwierigkeiten bereiten sollte, sie wiederzufinden. Zur Sicherheit hatte er den Stadtplan mitgenommen. Er ging dem Kanal entlang und bog dann links in eine Gasse ein. Nach einer Weile bog er rechts in ein anderes Gässchen ein, das wieder zum Kanal hinführte. Er blieb stehen und blickte zurück. Überrascht entdeckte er hinter sich eine Art Tunnel, den sein Körper durch den Nebel gebohrt hatte. Sein Lieblingsdichter hatte also nicht gelogen. Seine Beobachtung war korrekt. Bald fand Jonathan die Bar und trat ein. Sie war leer. Der Barmann stand hinter der Theke und putzte mit einem grauen Lappen den Spiegel. Er drehte sich um.

«Einen Kaffee und eine Brioche bitte», sagte Jonathan und setzte sich an einen Tisch am Fenster. Er sah den Kanal nicht, obschon er sich direkt darüber befand. Der Nebel war so dicht, dass man ihn mit einem Messer hätte durchschneiden können.

«*Che porco tempo*!», fluchte der Barmann.

«Aus dem Baden wird heute nichts», scherzte Jonathan.

Der Barmann sah ihn an, als hätte er vor sich einen Verrückten und sagte kein Wort mehr. Er ging zur Theke und putzte weiter seinen Spiegel.

Während Jonathan frühstückte, klingelte das Telefon. Der Barmann hielt den Hörer ans Ohr: «*Pronto?*»

Die Stimme am anderen Ende der Leitung war zu leise. Jonathan konnte kein Wort verstehen. Der Barmann blickte düster aus dem Fenster, dann zum Jonathan und sagte: «*Si.*» Damit war das Gespräch zu Ende und er widmete sich wieder seinem Spiegel.

Jonathan beendete sein Frühstück, stand auf, brachte die leere Kaffeetasse zurück an die Theke und bezahlte. Der Barmann bedankte sich und Jonathan verließ die Bar.

Der Nebel war jetzt noch dichter als zuvor. Ich muss einen kühlen Kopf behalten, dachte Jonathan, sonst könnte ich mich leicht verlaufen. Er wusste, dass er etwa fünfzig Schritte dem Kanal entlang gehen und dann links in eine Gasse einbiegen musste. Er zählte seine Schritte. Nach dem fünfzigsten wollte er in die andere Gasse abbiegen, als plötzlich eine Gestalt in schwarzem Mantel mit einer Karnevalsmaske aus dem Nebel auftauchte und ihm einen kräftigen Stoß verpasste. Jonathan verlor das Gleichgewicht. Er kippte seitlich um und fiel in den Kanal. Prustend tauchte er aus dem eiskalten Wasser auf. Der Wintermantel hinderte ihn am Schwimmen. Er zog ihn schnell aus. Wie ein Stein versank der Mantel im Wasser. Jonathan schwamm der Kanalmauer entlang, bis er zu einer Treppe kam, über die er auf den Fußgängersteg hinaufsteigen konnte. Zitternd vor Kälte und Aufregung eilte er längs der Häuserzeile, bis er die Gasse fand, in die er vorhin hatte abbiegen wollen. Es war der richtige Weg zum Hotel.

Loredano saß immer noch an der Rezeption. Er starrte Jonathan an, als hätte er seine Rückkehr nicht erwartet. Dann blickte er auf seine Kleider, aus denen das Wasser tropfte, und pfiff lautlos vor sich hin. Auf dem Boden unter Jonathan hatte sich rasch eine Pfütze gebildet.

«Da haben Sie es, Signore! Hab' ich Sie denn nicht gewarnt? Ich sagte doch, dass Sie aufpassen sollten. Spaziergänge in der *Nebbia* sind gefährlich.»

Theatralisch erhob er seinen Blick zur Decke.

«O Dio mio! Ich frage mich, wann das die Touristen endlich begreifen?» Dann schaute er wieder Jonathan an. «Wo haben Sie denn Ihren Mantel gelassen?»

«Den habe ich dem heiligen St. Martin geschenkt», sagte Jonathan gereizt. Die ironische Frage des Concierge machte ihn wütend, und er fragte sich, ob Loredano ihn provozieren wollte? Mürrisch griff er nach dem Schlüssel und ging aufs Zimmer. Er nahm eine heiße Dusche. Dann rieb er sich mit dem Tuch trocken, zog seinen Pyjama an, legte sich ins Bett und deckte sich zu, um sich aufzuwärmen. Diesmal war es definitiv keine Halluzination, dachte er verstimmt. Wer will mich in die Enge treiben? Das ist ja unglaublich! Wer kennt mich hier? War das ein geplanter Überfall oder nur ein dummer

Scherz irgendeines übermütigen Jugendlichen? Er konnte es drehen, wie er wollte, zu einer plausiblen Erklärung kam er nicht.

Zum Glück habe ich mein Portemonnaie nicht mitgenommen! dachte er. Da wäre ich meine Identitäts- und Kreditkarte plus mein ganzes Bargeld los gewesen. Er hatte nur zwanzig Euro in die Hosentasche gesteckt, was für ein einfaches Frühstück reichte. Stattdessen läge das Portemonnaie jetzt zusammen mit dem Wintermantel auf dem Kanalgrund. Das wäre eine schöne Bescherung! dachte er. Es fiel ihm ein, dass er sein Medikament einnehmen sollte. Wo ist die kleine Schachtel mit den Tabletten hingekommen? überlegte er, als er sie nicht fand. War sie etwa in meinem Mantel? Doch dann fiel ihm ein, dass er sie schon vorher vermisst hatte. Er durchsuchte noch einmal das Zimmer, diesmal gründlicher. Ohne Erfolg. Der Teufel soll sie holen! fluchte er resigniert und legte sich ins Bett. Bevor er einschlief, schwor er sich im Hotel zu bleiben, bis der Nebel sich ganz auflösen würde.

# 11

Das schrille Läuten des Zimmertelefons riss Jonathan aus der Arbeit. Er hatte sich Notizen für ein neues Buch über italienische Komponisten aus der barocken Epoche gemacht und dabei die Zeit vergessen.

«Herr Gut, können Sie bitte zur Rezeption kommen, Signore Kräftig wartet hier auf Sie», hörte er Loredanos Stimme.

«Bitte richten Sie ihm aus, dass ich sofort da bin», antwortete Jonathan. Seit dem Dinner mit Jakob waren bereits drei Tage vergangen. Da Jonathans Wintermantel auf dem Boden des Kanals lag, musste er sich mit einer Windjacke zufriedengeben. Er war froh, dass er sie eingepackt hatte, als er nach Venedig fuhr, sonst hätte er jetzt im Pullover hinaus in die Kälte gehen müssen, weil er noch nicht dazu gekommen war, sich einen Neuen zu besorgen. Seit der unerfreulichen Episode in der *Nebbia* hatte er Bedenken, etwas Ähnliches könnte sich wiederholen, und wenn er Pech hatte, könnte dies fatale Folgen für ihn haben. Deswegen war er lieber im Hotel geblieben. Er hatte sich jeweils eine Pizza und ein paar Dosen Bier aus einer Take-away-Pizzeria bringen lassen. Es machte ihm nichts aus, in seinem Zimmer zu bleiben, denn es war die ganze Zeit über neblig und regnerisch. Als Jonathan die Zimmertür öffnete, fiel ihm ein Zettel vor die Füße. Er hob ihn auf und schaltete das Licht im Gang ein, um besser zu sehen. Auf dem Zettel stand in Blockschrift geschrieben:

GOTT BESCHÜTZE SIE!

Jonathan hatte keine Ahnung, was das zu bedeuten hatte. Er nahm an, dass die Putzfrau sich auf diese Weise für das Trinkgeld bedanken wollte. Die verwackelte Blockschrift verriet eine im Schreiben ungeübte Hand. Er steckte den Zettel in seine Jackentasche und beeilte sich, denn er wollte Jakob nicht zu lange warten lassen. Als er zur Rezeption kam, war er überrascht, diesen mit einer silbergrauen Echthaarperücke und einem venezianischen Dogenkostüm aus dem 17. Jahrhundert anzutreffen. In der Hand hielt er eine venezianische Maske aus Pappmaschee. In der Verkleidung wirkte er völlig anders als in seinen Alltagskleidern. Jakob reichte ihm die Hand.

«Hast du denn kein Karnevalskostüm?», fragte er verwundert.

«Nein. Ich hatte nicht damit gerechnet, dass ich über die Karnevalszeit hierbleiben würde. Es tut mir leid. Zudem war mir auch nicht bewusst, dass du mich in einer Karnevalsverkleidung erwarten würdest, sonst hätte ich mir eine solche besorgt. Ich dachte, dass wir nur als Zuschauer am Karneval teilnehmen würden.»

«Es wäre doch langweilig, da nicht aktiv mitzumachen.»

«Das schon, aber es wäre immer noch besser als dem Karneval fernzubleiben.»

«Wie konnte ich bloß vergessen, es dir mitzuteilen?», sagte Jakob etwas verlegen. «Für mich war es selbstverständlich, dass du in Verkleidung kommen würdest. Aber nur zuzuschauen, wie sich die anderen amüsieren, hat keinen Sinn. Wir wollen aktiv mitmachen und dabei unseren Spaß haben!»

Er verstummte und überlegte eine Weile.

«Kein Problem», sagte er schließlich. «Ich kenne einen Kostümverleih. Ich hoffe nur, dass er zu dieser Zeit noch geöffnet ist.»

Mit seinem Mobiltelefon in der Hand ging er vors Hotel. Eine Minute später kam er wieder zurück.

«Der Laden ist zwar schon geschlossen, aber der Besitzer wird für mich eine Ausnahme machen, wenn wir sofort vorbeikommen. Leider müssen wir einen Umweg einschlagen. In den Hauptgassen ist jetzt schon so viel los, dass wir da kaum durchkommen würden.»

Die Eingangstür öffnete sich und eine Reisegruppe Chinesen strömte in die Empfangshalle. Der Reiseführer ging selbstbewusst zum Concierge und zeigte ihm ein Blatt Papier. Loredano nahm es entgegen.

«Willkommen!», sagte er. «Ja, ich sehe, dass Sie hier für ihre Reisegruppe gebucht haben. Einen Moment bitte, ich rufe jemanden, der Ihnen die Zimmer zeigen wird.»

Er wählte eine Nummer.

«Wir sollten jetzt gehen, damit wir das Kostüm bekommen», sagte Jakob ungeduldig: «*Arrivederci!*»

Loredano blickte kurz zur Decke und schüttelte den Kopf.

«Die Chinesen werden mich einmal ins Grab bringen und das Ende der Serenissima einläuten», sagte er.

«Das glaube ich sofort. Die organisierten Billigreisen aus China sind mühsam und außer verstopften Gassen bringen sie der Stadt nicht viel Gutes», sagte Jakob.

«Wird die Eröffnungsinszenierung des Karnevals wieder so schön sein wie im letzten Jahr?», fragte Loredano interessiert. «Es wäre jammerschade, wenn dem nicht so sein sollte.»

«Gewiss. Man gibt sich Mühe. Jetzt müssen wir aber gehen, sonst bekommen wir das Kostüm nicht. Adieu!»

«Ich wünsche sehr viel Spaß, Signori. *Arrivederci!*», rief Loredano, um den Stimmenwirrwarr der Chinesen zu übertönen. Und er zwinkerte Jakob dabei schelmisch zu.

Was hat Loredano mit ihm zu tun, sind sie etwa Freunde? dachte Jonathan etwas befremdet. Er blickte zu Jakob. Dieser lächelte und mahnte ihn, sich zu beeilen.

Durch verzweigte Seitengässchen gelangten sie zum Kostümverleih. Die Eingangstür war kunstvoll verziert mit einem fantasievollen Muster aus massivem Messingblech. Jakob läutete. Ein alter gebeugter Mann mit langen weißen, verklebten Haaren und Vollbart erschien in der Türöffnung. Er bat sie einzutreten und führte sie in einen überraschend großen Raum, in dem an Stangen aus Chromstahl verschiedene Kostüme hingen. Eine beträchtliche Anzahl venezianischer Masken war an der weiß gekalkten Wand aufgehängt.

«Schauen Sie sich nur um, meine Herrschaften», sagte er mit seiner krächzenden Altmännerstimme, «ich bin sicher, dass Sie etwas Passendes finden werden.»

«Wie geht das Geschäft?», erkundigte sich Jakob.

«Ich kann nicht klagen», sagte der Alte. Einige Sekunden musterte er Jonathan und schwieg. Mit einer einladenden Handbewegung zeigte er dann auf die Kostüme in der vordersten Reihe.

«Bedienen Sie sich, Signore, alle Kostüme, die an dieser Stange hängen, haben Ihre Größe. Suchen Sie sich etwas nach Ihrem Geschmack aus.»

«Gern, vielen Dank, Signore», sagte Jonathan.

«Dort hinten ist die Umkleidekabine», schnarrte der Alte. Er zeigte mit seinem krummen arthritischen Zeigefinger in die Ecke, wo sich eine kleine Nische befand, die durch einen Vorhang aus rotem Brokat vom übrigen Raum getrennt war. «Rufen Sie mich bitte, sobald Sie ein Kostüm gefunden haben. Ich muss noch schnell etwas erledigen», sagte er schon im Gehen.

«In Ordnung», gab Jakob zurück, und der Alte verschwand hinter einer Tür am Ende des Raumes.

«Jetzt kommt die Schwierigkeit der Wahl», seufzte Jonathan. Er hasste nichts so sehr wie das Anprobieren von Kleidern.

«Kein Problem», sagte Jakob, «ich werde dir dabei helfen. Ach, damit ich es nicht vergesse, du musst ein venezianisches Edelmann-Kostüm tragen. Später sind wir bei einem meiner Freunde zum Kostümball eingeladen. Die Bedingung für den Eintritt in seinen Palazzo ist eben ein solches Kostüm. Er ist der Spross eines uralten venezianischen Adelsgeschlechts und besteht auf die Einhaltung der korrekten traditionellen Etikette. In seinem Stammbaum befinden sich ein paar berühmte Dogen und Kaufleute, die von keinem geringeren als Tintoretto porträtiert wurden. Es ist eine große Ehre, von ihm zu seinem privaten Kostümball eingeladen zu werden. Bei den geladenen Gästen trifft er immer eine strenge Selektion. Nebst uns beiden werden dort bedeutende Persönlichkeiten aus Wirtschaft und Kunst vertreten sein, dazu auch mehrere venezianische Adlige.»

«Da fühle ich mich ja geradezu geehrt», scherzte Jonathan.

«Das solltest du auch», grinste Jakob. Er durchsuchte kurz die verschiedenen Kostüme und wählte eines aus. «Das hier wäre ganz gut, die Größe sollte auch stimmen.»

Froh, dass er nicht selber suchen musste, nahm Jonathan das Kostüm entgegen und ging in die Umkleidekabine. Er zog sich um und blickte in den Spiegel. Es passte wie angegossen.

«Exzellent!», rief Jakob begeistert, als Jonathan zurückkam. «Man könnte dich mit einem echten Adligen aus den goldenen Zeiten Venedigs verwechseln. Jetzt noch eine Perücke und eine Maske.» Prüfend schaute er sich die an der Wand hängenden Masken an. Schließlich wählte er eine *Pulcinella d'Oro* aus.

«Versuch die da», sagte er. «Und achte darauf, dass sie nirgends drückt. Das ist sehr wichtig. Du wirst sie den ganzen Abend anbehalten müssen. Keiner der Gäste wird seine Maske ablegen, weil alle inkognito bleiben wollen.»

Jonathan probierte die Maske an. Sie saß perfekt. Eine dazu passende Perücke und ein eleganter Hut wurden auch schnell gefunden. Jakob bat ihn, sich um die eigene Achse zu drehen.

«*Vraiment excellent*», sagte er, diesmal überraschenderweise auf Französisch, und lächelte zufrieden, «jetzt noch die Schuhe und es kann absolut nichts mehr schiefgehen.»

Er rief den Alten. Dieser erschien so schnell, dass es den Eindruck erweckte, als wäre er die ganze Zeit hinter der Türe versteckt gewesen und hätte ihrem Gespräch zugehört.

«Zum Kostüm brauchen wir noch ein Paar passende Schuhe», sagte Jakob.

«Kein Problem», sagte der Alte. «Wir sind ein seriöses Geschäft und dulden keine halben Sachen. Die Zufriedenheit der Kunden ist das oberste Gebot unseres Hauses.»

Jonathan musste schmunzeln. Der Alte sprach im Plural, obschon er offensichtlich keine Angestellten hatte.

«Welche Schuhgröße hat der Herr?», fragte der Ladenbesitzer.

«Dreiundvierzig», sagte Jonathan.

Der Kostümhändler verschwand im hinteren Teil des Ladens. Bald kam er zurück mit einem Paar altertümlich aussehender Schuhe. Jonathan zog sie an und nach ein paar Schritten nickte er zufrieden. Er wollte sogleich bezahlen, doch Jakob wehrte ab.

«Du bist mein Gast», sagte er bestimmt, zog sein Portemonnaie aus der Tasche und beglich die Rechnung.

«Sie haben mir zu viel Geld gegeben, Signore!», rief der Alte.

«Das stimmt so», sagte Jakob großzügig. «Ich danke für Ihr Entgegenkommen, ohne das mein Freund kein Karnevalskostüm hätte, und das wäre wirklich schade. Dürfte er seine Alltagskleider hier zurücklassen?»

«Freilich, er kann sie da an der Stange aufhängen und nach dem Karneval abholen, wenn er das Kostüm zurückbringt», sagte der Alte, während er mit seinen zittrigen Fingern die Banknoten noch einmal nachzählte und sie dann in seine Hosentasche steckte. Mit einem gekünstelten Lächeln begleitete er sie zur Ausgangstür.

«*Buono divertimento, signori*», krächzte er.

Sie bedankten sich und verließen den Laden. Der Alte sperrte hinter ihnen die Tür sofort ab, als befürchtete er, Jakob könnte es sich noch einmal anders überlegen.

Draußen war es inzwischen dunkel geworden. Jakob nahm einen Kleber in der Form eines kleinen grünen Frosches aus seiner Tasche und drückte diesen auf Jonathans Maske.

«Das mache ich nur, um dich in der Menge nicht zu verlieren. Viele Leute tragen eine Pulcinella-Maske, denn das ist die beliebteste traditionelle Maske in Venedig.»

Das schwache Licht der Laternen ergoss sich wie flüssiges Gold über die Gasse und tropfte in den Kanal, wo es sich in Tausende goldene Pinselstriche verteilte, die auf dem schwarzen Wasser zauberhaft funkelten. Je näher sie zur *Piazza San Marco* kamen, desto mehr Maskennarren füllten die Gassen. Zuletzt war das Gedränge so groß, dass sie nur langsam vorwärtskamen. Einerseits bekam Jonathan fast Platzangst, andererseits fand er all die farbenfrohen Kostüme und Masken um sich herum aufregend: wunderschöne Frauen, begleitet von hässlichen Gespenstern, Gnomen, Harlekins, Engeln und Teufeln, die düster aus ihren Masken blickten, damit es niemandem einfiele, ihre venezianischen Schönheiten anzumachen oder gar anzufassen. Auf der Piazza San Marco gab es etwas mehr Raum. Es wurde getanzt, gelacht und gejauchzt und Jonathan merkte nicht, wie schnell die Zeit verflog. Die herumhüpfenden Narren sahen bizarr aus. Für Jonathan war es, als hätte man ihn zurück ins 17. Jahrhundert versetzt. Plötzlich befanden sie sich vor dem Markusdom, inmitten einer großen Gruppe fantasievoll kostümierter Leute. Touristen in Zivilkleidern, die noch vor Kurzem auf beiden Seiten der Maskenprozession standen, gab es keine mehr. Tausend Lichter und die Heiterkeit der Menschenmenge ließen selbst das raue Wetter freundlicher erscheinen. Die Gruppe bewegte sich zum *Palazzo Ducale*. Jonathan und Jakob wurden mitgerissen wie von einem wilden Strom und bis zur Mole San Marco geschwemmt. Dort erblickte Jonathan zahlreiche angebundene Gondeln, die im Licht der alten Laternen auf dem unruhigen Wasser der Lagune wie verspielte Seehunde auf und ab hüpften. Der aleatorische Rhythmus, in dem sich die schwarzen Boote bewegten, faszinierte ihn. Jakob fasste ihn plötzlich am Arm.

«Es wird Zeit, zu meinem Freund zu gehen. Der *Carnevale* wird zwar hier offiziell eröffnet, aber das brauchen wir nicht mehr abzuwarten. Das Gedränge wird noch viel schlimmer sein», rief er ihm ins Ohr.

«Glaubst du wirklich, dass wir es schaffen, hier wegzukommen?», fragte Jonathan besorgt.

Jakob antwortete nicht. Er zog ihn am Ärmel hinter sich her, bis sie zu einer der Gondeln kamen. Erst jetzt bemerkte Jonathan, dass ein Gondoliere Jakob zuwinkte. Dieser winkte zurück. Kurz darauf stiegen sie in die Gondel. Jakob teilte dem Gondoliere die Adresse mit. Dieser nickte und fing an zu rudern. Das Licht der Laternen mäanderte auf dem Wasser, das jetzt fast schwärzer als der Lack der Gondel schien, die geräuschlos über den *Canal Grande* glitt, dann in einen der Seitenkanäle einbog, in dem die Wasseroberfläche ruhiger war.

Schweigend fuhren sie zwischen den stillen Häusern dahin. Man hörte nur das leise Knarren des Ruders, das in einem langsamen Rhythmus in die glatte Wasseroberfläche stach und jedes Mal das Licht der Laternen, das jetzt auf dem Wasser goldene Säulen bildete, in unzählige Lichtsplitter zerschlug. Die Reise zog sich in die Länge von einem Seitenkanal zum nächsten. Der Gondoliere fragte noch einmal nach der Eingangsnummer. Jonathan war erst vor Kurzem aufgefallen, dass man in Venedig nicht die Häuser, sondern die Türen nummerierte. So besaß jedes Haus mehrere Nummernschilder, für jede Tür ein eigenes Schild. Die Gondel hielt am Anlegeplatz vor dem Eingang eines Palastes. Sie stiegen aus, Jakob bezahlte und gab dem Gondoliere reichlich Trinkgeld. Dieser bedankte sich und fuhr unverzüglich weiter. Auf der Treppe vor dem Palazzo stehend, schauten sie ihm nach, bis ihn die Dunkelheit verschluckte.

# 12

Eine kurze, unauffällige Treppe führte zur Tür aus massivem Zedernholz. In deren Mitte befand sich ein Türklopfer aus Messing in der Form eines Löwenkopfes mit offenem Maul. Jacob klopfte zuerst dreimal und nach einer drei Sekunden langen Pause, zweimal. Die Tür öffnete sich leise, was verriet, dass sie oft benutzt wurde und die Haustürbände gut geölt waren. Zwei livrierte Diener standen in der Türöffnung, groß und kräftig wie zwei Ringkämpfer. Beide trugen venezianische Masken.

«Passwort bitte», sagte der eine.

«Pulcinella», sagte Jakob.

«Treten Sie bitte ein», sagte der andere Diener und ging zur Seite, um sie vorbeizulassen. «Bitte folgen Sie mir.»

Schweigend führte er sie über eine breite Treppe aus weißem Marmor in den ersten Stock, wo sich ein großzügiges Entree befand.

«Warten Sie hier, bitte», sagte er und verschwand hinter einer Tür.

Jakob lächelte.

«In Venedig hat man solche Geheimniskrämerei schon immer geliebt. Das hat hier eine lange Tradition. Passworte und noch einmal Passworte. Schlimmer als das heutige online Banking. Aber das Geheimnisvolle hat auch seinen Reiz, nicht wahr?»

Jonathan nickte zustimmend. An den Wänden hingen Ölbilder. Erstaunt erkannte er darunter einige von Tintoretto.

«Sind das Originalgemälde?», fragte er.

«Ja. Das erkennt man doch auf den ersten Blick. Der Palastbesitzer würde hier keine Kopien dulden. Das hat er auch nicht nötig», erklärte Jakob.

Jonathan schaute sich ein Porträt näher an. Das Gesicht des Abgebildeten kam ihm bekannt vor und er überlegte, wo er es gesehen hatte.

«Ist das hier ein Porträt eines venezianischen Dogen?», fragte er.

«Nein, das ist ein Autoporträt von Tintoretto», sagte Jakob.

Jonathan betrachtete das Bild noch einmal. Jetzt war er sich fast sicher, dass er dieses Gesicht schon irgendwo gesehen hatte. Er überlegte, an wen es ihn erinnerte. Einen Moment später fiel es ihm ein: Es war Jakobs Gesicht! Er sagte es ihm.

«Findest du wirklich, dass ich Tintoretto ähnlich bin?», lachte Jakob. «Da fühle ich mich geschmeichelt!»

Im selben Augenblick sprang die Tür auf. Ein voluminöser Mann in Dogenverkleidung eilte auf Jakob zu und umarmte ihn.

«Na endlich Jacopo! Alle warten schon ungeduldig auf dich. Immer wieder wurde ich gefragt, ob der Maestro wirklich kommen würde, du kennst ja die Leute, sie haben einfach keine Geduld.»

Er schaute in Jonathans Richtung.

«Ist er das?»

«Ja», sagte Jakob trocken.

«Wer kam auf die Idee, ihm auf die goldene Maske diesen grünen Frosch zu kleben?»

«Ich», sagte Jakob. «So kann ich ihn unter den Maskierten leichter erkennen. Ich habe es dir verraten, aber das muss unter uns bleiben. Es muss nicht jeder im Saal wissen, wer hinter welcher Maske steckt.»

«Das ist ja selbstverständlich. Diskretion wird bei uns großgeschrieben, das weißt du doch. Deine Freunde sind meine Freunde», sagte der Doge. Er drehte sich zu Jonathan und hieß ihn willkommen. Dann bat er die beiden, ihm zu folgen.

Sie betraten einen prächtigen, ausschließlich mit Bildern aus der Renaissance geschmückten Saal. Ihren unschätzbaren Wert erkannte Jonathan auf den ersten Blick. An der hinteren Wand hing eine Tapisserie aus Seide, auf der ein zierliches Einhorn im Garten Eden abgebildet war. Sie bedeckte fast die ganze Wandfläche. In der Mitte des Saals dominierte eine lange Tafel, über der ein Kronleuchter aus Kristallglas hing. Man sah attraktive Prinzessinnen neben alten, schwammigen Grafen, junge Baroninnen mit großen Dekolletés, aus denen ihre Brüste quollen, stolze Adlige mit sportlichen Körpern, kurz: Die gehobene Schicht von Venedig war hier versammelt. Was die einzelnen Mitglieder dieser Crème de la Crème der Serenissima untereinander verband, war ihre Geschichte, ihr Reichtum, die kunstvollen Masken und fantasievoll gekämmten silbergrauen Perücken. Ihre Augen waren auf die Neuankömmlinge gerichtet und leuchteten vor Neugier. Am Kopf des Tisches befand sich ein Thron, auf den sich der Doge setzte. Mit einem nonchalanten Handzeichen bat er Jakob und Jonathan, auf den freigelassenen Stühlen zu beiden Seiten des Throns Platz zu nehmen. Er wandte sich der Gesellschaft zu.

«*Carissimi Signori*, es ist mir eine große Ehre, Maestro Jacopo und seinen Freund Jonathan an unserem Maskenball zu begrüßen. *Buono divertimento!*»

Er gab ein Zeichen mit der Hand. Vier livrierte Diener kamen auf leisen Sohlen, verteilten rote Rosen an die Gäste und schenkten aus dunkelgrünen Flaschen französischen Champagner ein. Der Schaumwein funkelte in den edlen Kristallgläsern aus Böhmen. Dazu wurde iranischer Beluga Kaviar, knuspriges Pariser Brot und frische Butter serviert.

Der Doge erhob sein Glas.

«*Alla vostra salute, signori!*»

Die Anwesenden klatschten begeistert. Es herrschte gute Laune. Alle erhoben ihr Glas und riefen: «*Alla salute del nostro grande Doge della Serenissima!*»

Der Doge nickte wohlwollend und trank einen Schluck. Dann gab er ein weiteres Zeichen. Aus einer Ecke des Saals erklang Musik. Es war ein Stück von Andrea Gabrieli, welches Jonathan gut kannte. Zu Hause hatte er oft Musik aus der Renaissance gehört. Gabrieli, Palestrina und Josquin Desprez gehörten zu seinen Lieblingskomponisten aus der betreffenden Epoche. Er liebte den freien Fluss ihrer Musik, den kunstvollen Kontrapunkt, die berührenden, in den alten Kirchentonarten komponierten Melodien und Harmonien. Erst jetzt hatte er die Musiker bemerkt, deren Gesichter hinter venezianischen Masken versteckt waren. Die Gäste genossen die Vorspeise. Mit diskreter Musik untermalt schien sie ihnen noch besser zu munden. Jonathan empfand die Geräusche der Bestecke auf den Porzellantellern als störend, doch die Gesellschaft nahm die Musik nur als eine angenehme Geräuschkulisse wahr, die für sie einzig zur Untermalung des Festes diente. Zunächst schwiegen die Leute beim Essen. Aber es dauerte nicht lange, bis die Frauen anfingen, den Raum mit ihren hellen Stimmen zu füllen. Bald kamen auch noch die dunklen Stimmen der Männer dazu. Der Doge schwieg, aber es war offensichtlich, dass er gut gelaunt war. Mit den Fingern seiner linken Hand klopfte er im Rhythmus der Musik leise auf die Tischplatte, während er mit einem Silberlöffel, den er in seiner Rechten hielt, den Kaviar zum Mund beförderte. Die Masken verdeckten die Gesichter der Gäste nur bis zur Oberlippe, und man sah die Häufchen Kaviar von den Löffeln in ihren Mündern verschwinden. Sobald die Diener bemerkten, dass irgendwo ein Glas leer war, schenkten sie sofort nach. Nachdem der Kaviar von den Tellern verschwunden war, warteten die Gäste auf weitere kulinarische Überraschungen. Der Doge gab dem Diener ein Zeichen das gebrauchte Geschirr abzuräumen, schaute dann kurz zum Ensemble hin und nickte.

Die Musik verstummte. Eine Tür hinter den Musikern öffnete sich und eine blonde Frau in einem langen hellblauen Kleid erschien. Eine goldene venezianische Maske verhüllte die obere Hälfte ihres Gesichts, aber die Schönheit der Frau war auch so unschwer zu erkennen. Ihrer besonderen Ausstrahlung konnte sich niemand im Saal entziehen. Sie trat auf den Dogen zu und verbeugte sich vor ihm. Seine Lippen kräuselten sich zu einem freundlichen Lächeln, und er nickte fast unmerklich. Sie drehte sich zum Publikum und begann zu singen. Ihre sonore Stimme klang leise und verhalten. Das Ensemble setzte ein, begleitete sie einfühlsam. Es war eine *Canzona* von Willaert. Jonathan kannte das Lied seit seiner Studienzeit. Er konnte sich noch gut erinnern, dass er es zum ersten Mal im Mailänder Dom gehört hatte, wo er mit seiner ersten Freundin einem Konzert mit dem Schwerpunkt Musik aus der Renaissance beigewohnt hatte. Es war für ihn ein schönes Erlebnis gewesen, aber verglichen mit dem Gesang dieser geheimnisvollen Sängerin, kam es ihm jetzt doch als recht bescheiden vor. Diese Künstlerin hatte eine außerordentlich schöne Stimme, und eine Gesangstechnik in dieser Vollkommenheit war ihm bisher noch nie begegnet. Wie gebannt lauschte er diesem zauberhaften Gesang. Die Melodie stieg aus den Tiefen höher und höher, ein Crescendo in der Dynamik ließ sie anwachsen, mächtiger werden. Obschon Jonathan sich sein ganzes Leben lang mit Musik befasst und unzähligen Sängerinnen zugehört hatte, kam es ihm vor, als würde zum ersten Mal jemand wirklich singen. Unauffällig blickte er zu Jacob. Auch ihn schien die Musik in andere Sphären weggetragen zu haben. Die Gäste waren da wie hypnotisiert. Keiner sprach. Die ganze Gesellschaft verfiel dem Zauber der Musik und der ungewöhnlichen Erscheinung. Das Lied verklang im Pianissimo. Es folgte eine fast greifbare Stille, wie in einer leeren Kirche, und niemand wagte es sie zu stören. Erst als die Sängerin sich vor dem Dogen verbeugte, erwachten die Leute aus ihrer Verzauberung und fingen an, frenetisch zu applaudieren. Die Sängerin lächelte, machte noch eine Verbeugung und verschwand hinter derselben Tür, durch die sie den Saal betreten hatte.

Sichtlich vergnügt schaute der Doge in die Runde. Dann gab er den Bediensteten das Zeichen, die Hauptspeise aufzutragen. Jonathan fragte sich, warum der Doge alles selber organisierte, statt einen Zeremonienmeister anzustellen. Er erkundigte sich leise bei Jakob, und dieser meinte, dass es dem Dogen viel Spaß bereite alle Fäden in der Hand zu halten. Das

mache er aus Prinzip so. Damit wisse er, dass nichts schiefgehen könne.

Eine ausgelassene Stimmung kam auf. Frauen- und Män-
nerstimmen füllten den Saal und ließen Jonathan an den bekannten fünfzigstimmigen Kanon von Ockeghem denken. Er
empfand das Stimmgewirr als einen mächtigen Strom, in welchem er einerseits fast zu ertrinken drohte, der ihm anderseits
aber auch gefiel. Er fühlte sich gut, obschon er sich an den Gesprächen bisher nicht beteiligt hatte. Hie und da konnte er
Satzfragmente oder einzelne Wörter aufschnappen.

Auch Jakob schwieg. Er beobachtete die Abendgesellschaft
mit dem Interesse eines Malers, der neue Sujets für künftige
Gemälde in seinem Gedächtnis speichert.

Der Doge klatsche kurz in die Hände. Das Licht des
Kristallleuchters ging aus, die Gesellschaft verstummte. Es
brannten nur noch die Kerzen in den silbernen Kerzen-
ständern auf der Tafel. Die Diener trugen das Hauptgericht
auf: große Porzellanschalen mit verschiedenen Salaten, köst-
liche Soßen in platingoldverzierten silbernen Kännchen, Silber-
platten mit Fisch, geschmückt mit Zitronen und Orangen,
gebratenes Wild, mit Trüffeln gefüllte, gegrillte Wachteln, Tauben, mit Kastanien und Äpfeln gestopfte Enten, knusprig gebratene, mit ihrem eigenen Gefieder geschmückte Fasane, die
Ausbeute der Jagd vom Vortag auf den kleinen, in der Lagune
verstreuten Inseln. Die Speisen waren mit angenehm riechen-
den Kräutern und an wohlschmeckend gewürzten Soßen zubereitet. Als Beilage gab es goldenen Safranreis und gebratene
Polentaschnitten. Zum Trinken brachten die Diener auserlesene
Rot- und Weißweine in geschliffenen Glaskaraffen, die im
Kerzenlicht fabelhaft funkelten, und aus denen sie unermüdlich
in die Kristallgläser einschenkten.

Jonathan zwickte sich in die Wange, um sicher zu sein, dass er nicht träumte. Es wurde gegessen und getrunken, bis alle Platten leer waren. Zwischen den Bissen fanden die Leute immer noch Zeit, den neuesten Klatsch aus der Serenissima auszutauschen oder Witze zu erzählen. Vom üppigen Mahl ermattet, war die Gesellschaft schließlich zusehends schweigsamer am Tisch. Und in diesem Moment erschien die Sängerin wieder. Sie ging auf den Dogen zu und flüsterte ihm etwas ins Ohr. Er lächelte und nickte. Dann kündigte er eine musikalische Kostbarkeit aus England an, was Jonathan überraschte, denn es war ihm schon lange bekannt, dass Italiener ihre eigene Musik und Kultur mehr schätzten als die ausländische, dass überhaupt allen ein gewisser kultureller Chauvinismus eigen ist. Stolz auf ihre Geschichte und Kultur, die in der Renaissance und im Barock schließlich auch für ganz Europa maßgebend war, schien diese Nation sich unbewusst zu weigern, die Kulturen anderer Länder gebührend zu würdigen.

Die Sängerin fing an zu singen. Ein Lautenspieler, der sich unauffällig in einer Ecke des Saals gesetzt hatte, begleitete sie einfühlsam auf seinem Instrument. Im Kerzenlicht sah die Sängerin fast überirdisch schön aus. Sie sang auf Englisch mit einem reizenden Akzent. Jonathan erkannte das Lied. Es war John Dowlands *Lachrimae Pavane*, die in der Spätrenaissance in allen europäischen Fürstenhäusern beliebt war. Die Sängerin legte ihre ganze Seele in die Interpretation, verlieh jeder Note der Melodie die ihr gebührende Bedeutung. Jonathan war zutiefst gerührt. Kaum hatte sie geendet, applaudierte er frenetisch. Plötzlich stand sie direkt neben ihm, so nah, dass er sie hätte berühren können, doch das hätte er nicht einmal im Traum gewagt. Sie kam ihm bekannt vor, ohne dass er sich erklären konnte, woher. Sie trug jetzt ein Kleid mit einem großen

Dekolleté. Auf ihrer linken Brust bemerkte er ein kleines Muttermal. Es hatte die Form einer winzigen Mondsichel. Plötzlich hatte er ein Déjà-vu-Erlebnis und sein Herz schlug wie wild. Verwirrt fragte er sich, ob es möglich sei, dass sie es sein könnte? Doch im nächsten Augenblick verwarf er den Gedanken. Das war doch nicht möglich! Sie verbeugte sich. Ihr leichtes Parfüm roch verführerisch. Auch das kam ihm bekannt vor. Unvermittelt drückte sie ihm ein Küsschen auf die Wange, sehr zur Belustigung des Dogen und seiner Gäste, und verließ fast fluchtartig den Saal. Die Gesellschaft klatschte und lachte ausgelassen. Nur Jakob grinste, als hätte er in eine saure Gurke gebissen. Jonathan schien es, als sei dieser eifersüchtig, weil nicht er das Küsschen von ihr bekommen hatte.

Der Doge meldete sich zu Wort.

«Jacopos Freund scheint sich der besonderen Gunst unserer Sängerin zu erfreuen.»

Immer noch erstaunt musterte er Jonathan. «Wer hätte das nur gedacht? Kennen Sie die Dame?»

Jonathan schüttelte den Kopf.

«Sieh mal an! Er sagt: Nein! Hm, die Frauen sind ganz schön seltsam, nicht wahr? Eigentlich hätte unser Maestro Jacopo das Küsschen verdient. Das wird er bestimmt auch noch bekommen. Aber jetzt genug der Worte. Wir wollen das Tanzbein schwingen! Tanzen ist vorzüglich für eine gesunde Verdauung. Im Magen muss unbedingt Platz gemacht werden, es erwartet uns noch ein köstliches Dessert, zubereitet von unserem Meister Patissier Giovanni Dolce.»

Die Gäste klatschten. Der Doge stand auf, ging zu der hübschesten Dame an der Tafel und machte vor ihr eine Verbeugung. Im selben Moment begann das Ensemble eine Tanzsuite von Maestro Albinoni zu spielen.

Die Suite begann mit einer Allemande. Der Doge lächelte die Dame seiner Wahl an, während sie die ersten Tanzschritte auf dem Parkett vorführten. Die Gäste folgten ihrem Beispiel. Die Paare bildeten eine lange Reihe hinter den beiden. In ihren fantasievollen Kostümen und Masken sahen sie bizarr aus. Jonathan fühlte sich, als träumte er in wachem Zustand. Bald tanzten alle Gäste. Nur Jonathan blieb allein an der Tafel sitzen. Es störte ihn nicht im Geringsten. Im Gegenteil. Was das Tanzen anging, war er ausgesprochen unbegabt. Die Musik praktisch auszuüben und zu analysieren bereitete ihm Freude, doch selber zu tanzen, sagte ihm wenig zu. Eigentlich war er froh, nicht mittanzen zu müssen. Er kannte die Struktur barocker Suiten, konnte die einzelnen Tanzsätze formal wie harmonisch analysieren, doch die Tanzregeln waren ihm fremd. Den Tanzenden zuzuschauen war für ihn unterhaltsam genug. Er schaute genau hin, wie sie sich drehten, Figuren und Verbeugungen machten, einander verliebt anlachten und geschmeidig über das Parkett glitten, als wären sie schwerelos, obschon viele der anwesenden Männer einen ausgeprägten Gourmet Bauch vor sich schwabbeln ließen. Die Tänze waren eher langsam, selbst die Courante und Gigue wurden in einem gemächlichen Tempo getanzt. Es gab gute Gründe, warum die Musiker darauf achten mussten, die Tempi in den schnellen Sätzen nicht allzu forsch zu spielen: Die Perücken der Gäste würden verrutschen, wenn sie zu schnell tanzen müssten, was die bizarren Frisuren durcheinanderbringen könnte. Nicht zu vergessen die langen Garderoben der Damen, die ein zu schnelles Tempo nicht zuließen, weil sie dabei auf die eigenen Röcke treten und stolpern könnten. Als eine Aria an die Reihe kam, stand plötzlich die Sängerin vor Jonathan und forderte ihn zum Tanz auf. Ihm blieb nichts anderes übrig, als aufzustehen und ihr aufs Parkett zu folgen. Er starb fast vor Lampenfieber, doch es stellte sich heraus, dass er umsonst befürchtet hatte, er würde sich vor der ganzen Gesellschaft lächerlich machen. Die Sängerin glitt mit ihm so geschickt übers Parkett, dass es aussah, als würde er sie führen. In ihren Händen fühlte er sich sicher. Jedes Mal, wenn sie eine Drehung machte, drückte sie ihren Busen leicht an ihn. Jonathan wurde erregt. Das Blut floss schneller durch seine Adern, schoss ihm in den Kopf, und das Herz schlug unruhig in seiner Brust, wie ein verängstigt flatternder Vogel im Käfig, der in Panik immer wieder gegen das Gitter anfliegt. Ihr frischer Duft machte ihn trunken. Ein Träger ihres Büstenhalters verrutschte, und das Muttermal auf ihrer linken Brust wurde von Neuem sichtbar. Diesmal sah er es aus unmittelbarer Nähe. Jetzt war er sich ganz sicher, dass er es schon einmal gesehen hatte. Nicht nur gesehen. Er hatte es damals im Kerzenlicht geküsst. Und auch später, als sie sich auf dem Bett liebten, liebkoste er es immer wieder. Aber die Sache hatte einen Haken: den Aspekt der Zeit. Die Frau, in die er sich damals in Venedig verliebt hatte, müsste jetzt so alt sein wie er und könnte die Begleiterscheinungen ihres Alters unmöglich verbergen. Die jugendlich glatte Haut der Sängerin sprach dagegen, dass es sich um seine damalige Geliebte handeln könnte. Im Rhythmus der Musik flogen sie mit einer bewundernswerten Leichtigkeit über das Parkett. Die Musiker beendeten die Aria und begannen eine Gavotte zu spielen. Unmittelbar danach erklang noch eine Gigue, womit die Tanzrunde zu Ende war. Jonathan hielt seine Tanzpartnerin in den Armen. Verwundert stellte er fest, dass er sich genauso sorglos fühlte wie damals mit Susanne. Es wurde ihm bewusst, wie wenig es brauchte um wunschlos glücklich zu sein. Und er bedauerte, dass der Tanz schon zu Ende war. Am liebsten hätte er mit der geheimnisvollen Sängerin die ganze Nacht durchgetanzt. Er ließ sie los, bedankte sich und ging zurück um sich zu setzen. Wie gern hätte er sie an seinen Tisch eingeladen und mit ihr gesprochen! Aber es gab da keinen freien Platz. Die Sängerin verschwand durch die Tür hinter dem Ensemble. Jonathan fiel erst jetzt auf, dass sie während des ganzen Tanzes kein einziges Wort zu ihm gesagt hatte.

# 13

Die Diener hatten die Tafel neu gedeckt mit mannigfaltigen Käsesorten, in feine Scheiben geschnittenem Parma-Schinken, luftgetrockneten Würsten, Oliven, Trauben, gedörrten und frischen Tomaten, Brot und vielem mehr. Dazwischen standen Vasen mit frischen Schnittblumen. Es wurde Weiß- und Rotwein aus zahlreichen italienischen Weinregionen eingeschenkt, zu jeder Käsesorte der passende Wein aus der dazugehörigen Region. Die Leute scherzten und lachten, und die Zeit floss nur so dahin. Nach dem Essen wurde erneut getanzt. Es war heiß. Während des Tanzes fing die Gesellschaft an zu schwitzen, was dazu führte, dass die Tänzerinnen und Tänzer dazu übergingen, sukzessive ihre Bekleidungsstücke auszuziehen. Jetzt sahen sie lockerer aus.

Nach dem Tanz lud der Doge die Gäste zum Dessert. Die ganze Tafel war zugedeckt mit einem Tuch aus rotem Brokat. Groß war die Überraschung, als die Diener das Tuch entfernten. Auf der langen Tischplatte lagen drei junge Frauen. Die eine hatte blondes Haar, die andere schwarzes und die dritte rotes. Ihre Gesichter waren mit Masken bedeckt, die nur ihre Augenpartie zudeckten und damit die Schönheit ihrer makellosen Gesichter auf eine besondere Art unterstrichen. Ihre nackten Körper waren kunstvoll dekoriert mit roten und weißen Trauben, kleinen Ananasscheiben, Schokolade, Pralinen und verschiedenen Süßigkeiten, frischen Feigen, Mandarinen, Kirschen, Erdbeeren und exotischen Blumen. Jeder der drei Frauenkörper stellte ein anderes Bild dar, doch sie waren leitmotivisch miteinander verbunden, sodass sie zusammen ein Einheitsbild in drei Teilen ergaben. Es schien, als sei die lebendige Skulptur von einem Meister aus der Renaissance geschaffen worden. Jonathan hätte sie Tintoretto zugeschrieben. Still standen die Leute um die Tafel und bewunderten das originelle Triptychon. Nach einer Weile bat der Doge die Gäste Platz zu nehmen und das Bild nicht nur visuell, sondern auch kulinarisch zu genießen. Er ging mit gutem Beispiel voran, und die Gesellschaft setzte sich an die Tafel. Mit seinem Silberlöffel nahm der Doge ein paar Süßigkeiten vom Körper der Rothaarigen und legte sie auf seinen Teller. Er ermutigte die Gäste, sich zu bedienen, die Köstlichkeiten seien nicht nur zum Schauen, sondern auch zum Essen da. Jemand fragte, ob es nicht schade sei, das wunderbare Kunstwerk zu zerstören. Der Doge lächelte und beteuerte, dass es die Absicht des Künstlers sei, dass sein Werk gegessen werde. Damit wolle er allen in Erinnerung rufen, dass alles früher oder später vom Strom der Zeit zersetzt werde, zerrinne und verschwinde. So auch der Mensch und alle seine Werke. Es sei nur eine Frage der Beschaffenheit des Kunstwerks und der Zeit, wie lange ein solches währe. Bereits ein Neugeborenes trage den Keim der Vergänglichkeit in sich. Gewisse Kunstwerke zerfielen erst nach vielen Jahren, andere schon eine Stunde nach ihrer Entstehung, doch verschwinden würden sie alle. Ohne Ausnahme. Man denke bloß an all die Zivilisationen, die sich mitsamt ihrer Kultur in den Nebeln der Geschichte für immer aufgelöst hätten. Manche hinterließen Spuren, andere verschwänden spurlos im Strom der Zeit, sodass wir von ihren nicht das Geringste wüssten. Der Vorteil dieses herrlichen Kunstwerks sei, dass es während seiner kurzen Existenz nicht nur das Auge, sondern auch den Gaumen erfreue. Und es werde trotz dessen vorzeitiger Zerstörung die Erinnerungen aller hier Anwesenden bis ans Ende ihres Lebens bereichern. Nun sollten sie aber zugreifen und es sich gut schmecken lassen. Maestro Jacopo Robusti werde es ihnen bestimmt nicht verübeln.

Jonathan fragte sich verwundert, wann Jakob denn das Triptychon hatte schaffen können? Wo hatte dieser gelernt, solche Kunstwerke zu kreieren? Hatte er nicht gesagt, er sei vor seiner Pensionierung Chirurg gewesen? Und warum nannte ihn der Doge Jacopo Robusti? Es fiel ihm plötzlich ein, dass er Jakob in den Reihen der Tänzer nicht gesehen hatte. Doch war es überhaupt möglich, in so kurzer Zeit ein solches Triptychon zu schaffen? Jonathan konnte es drehen und wenden wie er wollte, es blieb für ihn ein Rätsel.

Der Doge bemerkte, man könne beim Essen entweder den Löffel oder die Finger gebrauchen, das sei jedem freigestellt. Wer sich bedienen lassen wolle, könne die Diener in Anspruch nehmen. Das aber wollte keiner. Die Frauen griffen zu ihren Löffeln und die Männer verließen sich auf ihr Fingerspitzengefühl, indem sie an den drei jungen Schönheiten mit wachsender Begeisterung herumfingerten. Jedes Mal, wenn sie von einer empfindlichen Stelle ihrer Körper eine Süßigkeit nahmen, wurden sie von den Frauen besonders sinnlich angelacht.

Einige der anwesenden Damen gingen mit ihren Löffeln ziemlich grob ans Werk und wurden von den Männern zurechtgewiesen. Das Triptychon schmolz dahin, und die Haut der jungen Frauen kam langsam zum Vorschein. Zuletzt lagen sie splitternackt auf der Tafel. Auf die Frage des Dogen, ob jemand Lust habe, den Puderzucker von der Haut der Jungfrauen zu lecken, er sei besonders delikat, wollte sich niemand melden. Der Doge bückte sich und leckte den Zucker von der Brustwarze der Rothaarigen.

«Es schmeckt wunderbar!», rief er.

Aber die Gäste ließen sich durch sein Beispiel nicht mitreißen, und der Doge gab den Frauen ein Zeichen, die Performance zu beenden. Sie richteten sich gleichzeitig auf, drehten sich zur gleichen Seite der Tafel, stiegen ab und verbeugten sich. Die Gesellschaft klatschte frenetisch. Der Doge zeigte auf die Frauen und applaudierte auch. Dann legte er die Hand auf Jakobs Schulter. Bescheiden schmunzelnd machte dieser eine leichte Verbeugung. An drei unschuldig lächelnde Engel erinnernd, verschwanden die nackten Frauen aus dem Saal.

Jonathan schaute zur Tür, die sich hinter dem Ensemble befand, und hoffte, dass die Sängerin noch einmal auftreten würde. Aber sie ließ sich nicht mehr blicken. Die Diener brachten Kaffee in Tassen aus feinstem Porzellan mit kunstvollen Goldverzierungen und kurz darauf geschliffene Kristallgläschen, gefüllt mit eiskaltem *Limoncello*.

«Der Höhepunkt des Abends, Signori!», rief der Doge feierlich, «ein wunderbarer *Limoncello*, ein exklusives Produkt des Hauses und daher schlicht unübertrefflich. Auf der ganzen Welt werden Sie nichts Vergleichbares finden.»

Er hob das Glas an die Lippen und trank es mit sichtlichem Genuss aus. Die Gäste folgten seinem Beispiel. Jonathan schmeckte das intensive Zitronenaroma des Getränks. Er wusste, dass die Frische im Mund danach noch lange anhalten würde. Er merkte jedoch, dass dieser *Limoncello* einen seltsamen leichten Beigeschmack hatte. Wonach er schmeckte, konnte er nicht mit Bestimmtheit sagen. Vielleicht hatte man den Saft einer exotischen Frucht beigemischt, die er nicht kannte. In einem Schluck trank er sein Glas leer. Der Doge sah ihm schmunzelnd zu. Jonathan blickte zu Jakob. Auch dieser beobachtete ihn und lächelte. Aber seine Augen schienen nicht zu lächeln. Sie hatten etwas Kaltes und erinnerten Jonathan an die eines professionellen Pokerspielers.

Vergnügt klatschte der Doge in die Hände.

«Und jetzt Musik, bitte!», rief er.

Das Ensemble fing an zu spielen, diesmal ein Stück in schnellem Tempo. Die Gäste erhoben sich und tanzten. Jonathan blieb sitzen. Nach einer Weile ging die Tür hinter dem Ensemble auf. Im Türrahmen erschien eine Frau. Es war aber nicht die Sängerin. Sie ging auf Jakob zu und bat ihn um einen Tanz. Dieser stand auf und mischte sich mit ihr unter die Tanzenden. Jonathan kam sich überflüssig vor. Jetzt hätte er Lust zum Tanzen gehabt. Unbewusst klopfte er mit dem Fuß den Rhythmus der Musik und schaute den Tänzern zu. Dann vertrieb er sich die Zeit mit der Betrachtung eines großen Gemäldes von Tintoretto, das an der Wand gegenüber hing. Auf dem Bild war ein nackter, auf einem Sofa liegender Frauenakt abgebildet. Plötzlich bewegte sich die Frau. Jonathan zuckte zusammen. Er schaute aufmerksamer hin, um sich zu vergewissern, ob er richtig gesehen hatte. Die Frau streckte ihre Beine, stand langsam auf und stieg von der Leinwand aufs Parkett. In der Hand hielt sie ein leichtes Seidenkleid und eine seidene Bluse, die sie im Gehen anzog. Leichtfüßig wie eine

Balletttänzerin näherte sie sich ihm. Erst als sie vor ihm stand, erkannte Jonathan die Sängerin. Er sprang auf, sein Stuhl kippte um, aber er beachtete ihn nicht und ließ ihn auf dem Boden liegen. Ungeduldig ergriff er ihre linke Hand, die Rechte legte er ihr an die Hüfte und schon drehten sie sich im Strom der Tänzer. Diesmal führte er und war überrascht, wie leicht es ihm fiel. Es kam ihm vor, als hätte er sein ganzes Leben lang nichts anderes getan, als mit ihr getanzt. Sie flogen über das Parkett wie ein professionelles Tanzpaar. Alle Bewegungen ihrer Körper waren harmonisch aufeinander abgestimmt. Sichtlich genoss seine Partnerin den Tanz und schmiegte sich bei jeder Drehung an ihn. Ihre Lippen berührten sich. Jonathan fühlte sich glücklich wie seit Jahren nicht mehr. Sein Glied wurde hart, und er konnte nichts dagegen tun. Es war ihm peinlich, weil es ihm bewusst war, dass sie es durch den Stoff ihres Seidenkleides spüren musste. Aber es schien sie nicht zu stören. Im Gegenteil. Während eines langsamen Stückes drückte sie ihren Körper eng an ihn und brachte sein Blut mit den erotischen Bewegungen ihrer Hüften noch mehr in Wallung. Es kam ihm vor, als amüsierte sie sich über seine Verlegenheit. Dabei lächelte sie unschuldig wie ein Engel. Die Hitze stieg ihm in den Kopf. Sie zog ihre Seidenbluse aus, warf sie achtlos auf den Boden. Jonathan wandte sich um, mit Besorgnis, wie die Gesellschaft auf ihre freizügige Geste reagieren würde. Erst jetzt bemerkte er, dass die meisten Leute bereits nackt waren. Eng umschlungen tanzten sie, als wäre es nichts Außerordentliches. Einige Paare liebten sich im Tanz. Andere lagen und knieten in allen möglichen Stellungen auf der langen Tafel, die im Rhythmus ihrer Bewegungen leicht wackelte und ächzte. Auch der Boden des Saals war übersät mit Nackten, Paaren und Gruppen, die sich ohne Hemmungen ihren wilden Liebesspielen hingaben. Alle behielten nur ihre Karnevalsmasken an. Jonathan war verwirrt und konnte nicht begreifen, dass ihm das alles nicht schon früher aufgefallen war. Die einzige Erklärung war, dass er sich während des Tanzes konzentriert nur der Sängerin gewidmet hatte. Sie fing an seine Jacke aufzuknöpfen. Aus plötzlichem Schamgefühl wollte er sie zurückhalten; es störte ihn, sich vor den Gästen zu entblößen. Doch sein Verlangen war stärker. Gegenseitig zogen sie sich aus. Nur ihre Gesichter behielten sie von den Masken verdeckt. Sie führte ihn zu einem Sofa, das mitten auf dem Parkett stand. Wie es dorthin kam, war ihm schleierhaft: Noch vor Kurzem wurde im ganzen Saal getanzt. Mit katzenhafter Geschmeidigkeit warf sie sich aufs Sofa und lag ausgestreckt da. Sie erinnerte ihn an die *Venus von Urbino*, nur dass sie schlanker war als Tizians Modell auf dem berühmten Gemälde. Einladend streckte sie ihm die Arme entgegen. Er zögerte. Mit seinem erigierten Schwanz kam er sich peinlich vor. Erstarrt stand er da und hatte keinen Mut, den letzten Schritt zu wagen. Hilflos blickte er in die Runde. Die Gäste bildeten jetzt einen Kreis um das Sofa. Es war offensichtlich, dass alle auf Jonathans Entscheidung warteten. Eine knisternde Spannung lag in der Luft, doch er blieb weiterhin unschlüssig.

«Das führt doch nirgendwo hin. Wie es aussieht, werde ich mich für ihn opfern müssen», lachte der Doge. Sein dicker Bauch schwabbelte bei jedem Schritt und seine Beine waren mit fingerdicken Krampfadern übersät. Er hatte Hängebrüste, wie eine betagte Frau, die in ihrem Leben fünfzehn Kinder gestillt hatte. Die Sängerin schien es nicht zu stören.

Jonathan bekam plötzlich Brechreiz. Es wurde ihm schwindlig. Völlig paralysiert schaute er ohnmächtig zu, wie der Doge sich auf die Sängerin legte und diese ihn laut kichernd umarmte. Ihre Körper verschmolzen zu einem form-losen Fleischhaufen, der sich rhythmisch zu bewegen und zu verändern begann. Er dehnte sich in die Breite, dann wieder in die Länge. Auf einmal, ganz unerwartet, lag der Doge auf dem Rücken und sie ritt auf ihm wie auf einem Pferd. Es sah aus, als würde sie auf einer schwabbligen Riesenkröte reiten. Ihr Kör-per wippte auf und ab, das Haar flog wild um ihren Kopf und aus ihren Augen loderten orange Flammen. Kreischend lachte sie, als sei sie wahnsinnig geworden. Plötzlich flogen Schwärme bunter Schmetterlinge aus ihrem offenen Mund und flatterten unermüdlich um ihren Kopf. Jonathan fiel fast in Ohnmacht, als ihre Haare sich in zischende Schlangen verwandelten, die nach den Faltern schnappten. Ihr Kopf sah jetzt aus wie Cara-vaggios *Medusa*. Erschrocken schaute Jonathan in die Runde. Die Gäste beachteten ihn nicht mehr, sondern setzten ihre lust-vollen Orgien fort. Der Saal schien jetzt voller Brüste, Ge-schlechter, Hände und Beine zu sein, alles in wildem Durch-einander. Allmählich erschöpften sich ihre Bewegungen, wurden langsamer und langsamer. Im Zeitlupentempo be-gannen sich die Beine und Arme in Eichenäste zu verwandeln, deren Rinde mit grünem Moos bewachsen war. Ihre Schädel dehnten sich in die Länge wie mit heißer Luft gefüllte Ballone. Smaragdgrüne Eidechsen mit leuchtenden rubinfarbenen Augen sprangen aus ihren vor Lust weit aufgerissenen Mün-dern und huschten über die Wände des Saals. Aus den Nasen-löchern des Dogen flogen Schwärme regenbogenfarbener Koli-bris und schwirrten um Jonathans Kopf, pickten ihn in Wangen, Stirn und Nase. Einige Vögel griffen ihn härter an. Sie pickten mit ihren scharfen Schnäbeln an seinem Schwanz herum. Ein Schmerz wie von tausend Nadelstichen. Vergeblich versuchte er sie mit den Händen abzuwehren. Wild fuchtelte er um sich, aber sie waren schneller und wichen jedem seiner Schläge geschickt aus. Auf einmal begann sich der Boden des Saals zu wölben und schlug Wellen wie ein stürmisches Meer. Die Decke bekam Risse, die sich zu breiten Löchern ausweiteten, durch die der dunkelblaue Himmel zu sehen war. Mit höllischem Gepolter brach sie schließlich ganz ein. Brennende Sterne fielen von oben herab, blieben im Haar der Frauen hängen, um sich im nächsten Augenblick in kupferfarbene Ameisen, grüngelbe Wanzen und feuerrote Taranteln zu verwandeln, die sich an die Köpfe, Beine, Rümpfe und Arme der Festgäste andockten, stachen und bissen. Aus den Bisswunden sprossen bunte Blumen hervor. Die ganze Gesellschaft kam ihm jetzt seltsam erstarrt, ja leblos vor. Die Leute erinnerten ihn an Wachsfiguren, die er einmal im berühmten Londoner Kabinett von Madame Tussaud gesehen hatte. Bewegungslos starrten sie ihn aus weit aufgerissenen Augen an und keiner wehrte sich gegen die Plage. Jonathan berührte eine direkt neben ihm stehende Frau. Sie zerfiel augenblicklich zu Staub und Asche. Schockiert wich er zurück, stolperte und fiel hin. Mit voller Wucht schlug er mit dem Hinterkopf auf den harten Parkettboden auf und verlor das Bewusstsein.

# 14

Jonathan erwachte mit einem stechenden Schmerz im Hinterkopf. Etwas verwirrt blickte er um sich, als er merkte, dass er sich nicht im Hotel befand. Das Zimmer war nur spärlich möbliert: Ein Schrank, ein Spiegel, ein Tisch, ein Stuhl, eine Lampe und ein schmales Bett, auf dem er lag. Alles war weiß gestrichen, selbst der Boden und die Bettlaken waren schneeweiß. In der Luft lag der Geruch von Desinfektionsmittel, was ihn vermuten ließ, dass es sich um ein Krankenzimmer handeln könnte. Aber sicher war er sich nicht. Auf der Tischplatte stand eine grüne Vase mit drei roten Rosen, ein erfreulicher Farbtupfer auf weißer Leinwand. Er setzte sich im Bett auf. Es war für ihn ein ungewohntes Gefühl, so geschwächt dazusitzen und nicht zu wissen, was mit ihm los war. Wo zum Teufel bin ich? fragte er sich. Er betastete seinen Kopf. Unter den Fingern spürte er einen Verband. Im selben Moment, als er aufstehen wollte, um einen Blick aus dem Fenster zu werfen, betrat eine Frau mit heller Schürze das Zimmer. Jetzt war klar, dass er sich in einem Krankenhaus befand.

«Um Gottes willen! Sie dürfen noch nicht aufstehen!», rief sie entsetzt.

«Warum denn nicht?»

«Weil Sie einen Schädelbruch haben. Sie könnten das Gleichgewicht verlieren und den Kopf erneut irgendwo anschlagen.»

«Ein Schädelbruch? Wie kam ich denn dazu?»

«Das sollten Sie selber wissen. Ich war nicht dabei.»

«Es tut mir leid, aber ich habe gar keine Ahnung, was mit mir passiert ist.»

«Das kann ich mir vorstellen. Aber machen Sie sich keine Sorgen: Früher oder später kommt ihr Gedächtnis zurück und Sie werden sich an alles wieder erinnern können. Was Sie jetzt brauchen, ist Ruhe und ein bisschen Geduld. Sie stehen immer noch unterm Schock.»

Sie reichte ihm eine Tablette und ein Glas Wasser.

«Dieses Medikament ist das beste Mittel gegen Kopfschmerzen.»

Er nahm die Pille in den Mund und spülte sie mit einem Glas Wasser hinunter. Seine Kehle war ausgetrocknet, als hätte er einen langen Marsch durch die Wüste absolviert.

«Wie kam ich hierher?»

«Ich war nicht hier, als Sie eingeliefert wurden. Da müssen Sie den diensthabenden Arzt fragen. Er weiß Bescheid. Aber jetzt müssen Sie mich entschuldigen, ich muss weiter, es warten noch andere Patienten auf ihre Medikamente. Der Arzt wird nächstens vorbeikommen. Sie können ihn fragen. Bestimmt weiß er über Ihre Einlieferung mehr als ich.»

Nach diesen Worten verließ sie das Zimmer.

Jonathan versuchte zu rekonstruieren, was er in den vergangenen Tagen erlebt hatte, doch er konnte sich an nichts erinnern. Es war, als hätte ihm ein Sturm den Schädel leergefegt. Die Kopfschmerzen zwangen ihn, mit dem Grübeln aufzuhören. Er schloss die Augen. Es tat gut, eine Weile nichts zu sehen. Auf einmal wurde er von wirren Bildsequenzen überflutet: Menschen in bunten Karnevalskostümen, venezianische Masken, Tizians *Venus von Urbino*, die nackt von der Leinwand steigt, eine hemmungslose Orgie … Er schlief wieder ein. Als er einige Stunden später wach wurde, stand vor ihm ein Mann mittleren Alters. Er hatte eine runde Brille mit dicken Linsen, weißes Hemd, Hose gleicher Farbe und den typischen Kittel, den alle Mediziner im Spital zu tragen pflegen. Kurz, das übliche Bild eines Arztes, der je nach Schicht die Tage oder Nächte in seiner Krankenhausabteilung verbringt.

«Endlich sind Sie aufgewacht», sagte er. «Sie haben achtundvierzig Stunden lang ununterbrochen geschlafen. Ich habe mir schon Sorgen gemacht.»

«Warum?», wollte Jonathan wissen.

«Weil Sie vor zwei Tagen in den Morgenstunden mit einem Schädelbruch eingeliefert worden sind.»

«Wer hat mich hierhergebracht?»

«Zwei angeheiterte Männer in Karnevalskostümen mit den traditionellen venezianischen Masken. Nach ihrem Bericht lagen Sie in einer Seitengasse bewusstlos auf dem Boden. Sie nahmen an, Sie hätten eine Alkoholvergiftung. Und um ehrlich zu sein, ist es das Übliche während des Karnevals, dass sich manche Leute bis zur Besinnungslosigkeit betrinken. Und in den Gassen rutscht man auf den feuchten Steinplatten leichter aus, als man denkt. Das hat oft unangenehme Folgen.»

«Kennen Sie die Namen der beiden Herren? Ich würde mich gerne bedanken», sagte Jonathan.

«Nein. Sie hatten es eilig, weiter zu feiern, was ich gut verstehen kann. Der *Carnevale di Venezia* ist noch nicht vorbei, und ich frage mich, wie viele Leute hier noch eingeliefert werden. Manche Leute benehmen sich wie Verrückte und dann passiert allerlei. Es gibt Fälle, in denen Touristen betrunken in den Kanal fallen. Jedes Jahr fischt man hier während des *Carnevale* ein paar Tote aus dem Wasser. Sie hatten mehr Glück als Verstand und sind relativ glimpflich davongekommen. Um mich kurz zu fassen: Sie sind auf den feuchten Steinplatten ausgerutscht und auf den Hinterkopf gefallen. Die Folge ist eine

Schädelfraktur und eine starke Gehirnerschütterung. Keine schöne Angelegenheit, aber es hätte schlimmer kommen können. Sie werden jetzt ein paar Tage ruhig liegen müssen und warten, bis es besser wird.»

«Eine schöne Bescherung ...», brummte Jonathan.

«Das kann man wohl sagen», schmunzelte der Arzt. «Übrigens, wir haben Ihr Blut untersucht.»

«Warum?»

«Eine Routineuntersuchung.»

«Und was haben Sie dabei herausgefunden?»

«Dass Sie mehr als 2,5 Promille Alkohol und dazu auch noch eine Menge Drogen im Blut hatten. Ein gefährlicher Cocktail. Man sollte solche Dinge nie zusammenmischen.»

«Drogen?», sagte Jonathan entgeistert.

«Ja, Kokain und LSD.»

«Wie bitte?», rief Jonathan.

«Sie haben richtig gehört», sagte der Arzt lakonisch.

«Aber ich habe noch nie in meinem Leben Drogen genommen.»

«Das sagen alle, die hier bewusstlos eingeliefert werden. Aber Sie brauchen sich keine Sorgen zu machen, wir werden es nicht an die Polizei weiterleiten. Da müssten wir Hunderte von Touristen anzeigen, die aus aller Welt zum *Carnevale* hierher strömen. Die Polizei ist uns dafür dankbar, weil sie sonst völlig überfordert wäre.»

Jonathan schwieg.

Der Arzt maß seinen Puls und nickte zufrieden.

«Der Puls ist normal.».

Dann schaute er sich den Verband an, leuchtete Jonathan mit einer Taschenlampe in die Augen und prüfte die Reaktion der Pupillen. Zuletzt bat er ihn, liegend einige Bewegungen auszuführen. Er zwickte ihn in die Fersen. Jonathan zuckte zusammen.

«Ihre Reaktionen sind auch in Ordnung. Ich wiederhole: kein Grund zur Beunruhigung.»

«Ich fühle mich, als ob ich in einer Nussschale sitzen würde, die auf einem stürmischen Meer führungslos herumhüpft. Ein Gefühl, wie wenn ich seekrank wäre», sagte Jonathan.

«Das sind die üblichen Symptome einer Gehirnerschütterung. In einigen Tagen wird das Schwindelgefühl restlos verschwinden. Der Schädelbruch wird etwas länger brauchen, bis er verheilt. Ich wünsche Ihnen einen erholsamen Tag und vor allem gute Besserung.»

Er drehte sich um die eigene Achse und ging zur Tür.

«Einen Moment bitte!», rief Jonathan.

Der Arzt blieb stehen. Fragend schaute er Jonathan an.

«Darf ich Sie fragen, wer mir diese Rosen gebracht hat? Das sind teure Teerosen. Ich nehme nicht an, dass man in diesem Krankenhaus so verschwenderisch mit Geld umgeht und jedes Zimmer mit solchen Luxusblumen schmückt.»

«Gestern war eine Dame hier. Sie fragte mich, ob sie die Rosen auf Ihrem Tisch zurücklassen dürfte. Dagegen hatte ich nichts einzuwenden.»

«Wie sah sie aus?»

«Eine ausgesprochen attraktive Frau, kaum älter als vierzig. Nach der Art, wie sie gekleidet war und wie sie sprach, vermute ich, dass sie zur venezianischen Oberschicht gehört.»

«Sind Sie ganz sicher?»

«Aber ich bitte Sie! Ich bin in dieser Stadt geboren und aufgewachsen. Daher weiß ich ganz genau, wie sich diese Leute benehmen und wie sie reden.»

Der Arzt nickte freundlich und verließ das Zimmer.

Jonathan blickte zum Fenster. Vom Bett aus sah er einen dunkelgrauen Streifen Himmel. Vereinzelte Schneeflocken segelten in der Luft. Er fühlte sich todmüde. Nach der Pille waren seine Kopfschmerzen zwar fast verschwunden, aber das Schwindelgefühl blieb bestehen. Er betrachtete die Rosen und überlegte, wer sie ihm gebracht haben mochte. Auf einmal erinnerte er sich an die Sängerin. Könnte es sein, dass sie es war? Mit gemischten Gefühlen dachte er an sie. Vor seinem inneren Auge tauchten erneut Bilder von dem Maskenball im Palazzo des Dogen auf. Er versuchte sie zu verdrängen. Das Gespräch mit dem Arzt hatte ihn verunsichert. Waren die seltsamen Geschehnisse real oder nicht? Jonathan spürte im Hinterkopf erneut einen stechenden Schmerz, der periodisch kam und verschwand dann wieder. Mit offenen Augen lag er auf dem Bett und starrte an die Decke. Er versuchte an nichts zu denken und wartete, bis die Kopfschmerzen wieder verebbten. Bald schlief er ein.

Als er erwachte, war es dunkel. Es fiel ihm schwer zu bestimmen, ob es Nacht oder schon früher Morgen war. Er hatte auch keine Ahnung, wie lange er geschlafen hatte. Aber er fühlte sich besser. Durch die regennassen Fensterscheiben betrachtete er den Nachthimmel, der sich allmählich aufhellte, was darauf hindeutete, dass ein neuer Tag anbrach. Eine halbe Stunde später war das Zimmer von Tageslicht durchflutet.

Die Krankenschwester kam ins Zimmer mit dem Frühstückstablett.

«Soll ich im Bett oder am Tisch frühstücken?», fragte er.

«Sie sollten nichts überstürzen. Zwar haben Sie lange geschlafen, doch ich glaube nicht, dass es gut wäre das Schicksal unnötig herauszufordern.»

«Okay, dann bleibe ich halt im Bett», sagte Jonathan resigniert.

«Eine vernünftige Entscheidung. Ich wünsche Ihnen einen guten Appetit!», sagte sie, stellte ihm das Tablett auf den Schoß und ließ ihn allein.

Das Frühstück schmeckte ihm ausgezeichnet, was er als ein positives Zeichen wertete. Dann stand er auf und stellte das Tablett auf den Tisch, was ihm keine Mühe bereitete. Die Kopfschmerzen und das Schwindelgefühl waren noch nicht ganz verschwunden, aber sie waren wesentlich schwächer und leichter zu ertragen. Das freute ihn. Er ging zum Fenster. Man konnte einen schmalen Streifen Himmel und eine Mauer mit abblätterndem Verputz sehen. Vom gegenüberliegenden Haus trennte ihn nur eine schmale Gasse.

Die Krankenschwester kam zurück.

«Sind Sie verrückt geworden? Warum stehen Sie auf? Das dürfen Sie noch nicht!»

«Es geht mir schon ganz gut.»

«Wenn Sie das Gefühl haben, dass es Ihnen besser geht, kann ich für eine Weile ein Auge zudrücken. Aber seien Sie bitte vorsichtig und übertreiben Sie nicht. Keine schnellen Bewegungen, bitte. Sollten sich die Kopfschmerzen erneut einstellen und unerträglich werden, legen Sie sich sofort ins Bett und verhalten Sie sich ruhig.»

Nach zwei Wochen wurde Jonathan aus dem Krankenhaus entlassen. Mit seinem Karnevalskostüm und der Maske – es waren die einzigen Kleider, die er hatte, als er ins Krankenhaus eingeliefert wurde – kam er sich lächerlich vor. Eine Gondel brachte ihn bis zur *Ponte dell'Accademia*. Von dort konnte er das Hotel zu Fuß erreichen. Erst an der Rezeption legte er die Maske ab.

Loredano begrüßte ihn mit einem vieldeutigen Lächeln.

«Da sind Sie ja wieder!», sagte er. «Ich habe Sie schon vermisst, Signore Gut. Der Karneval scheint Ihnen zu gefallen, so sehr, dass Sie sich keine Zeit nahmen, zurück ins Hotel zu kommen und etwas auszuruhen. Aber während des Karnevals verschwendet man keine Zeit, nicht wahr? Schlafen kann man genug, wenn man wieder nach Hause kommt, oder wenn man im Sarg liegt, denn da bleibt einem nichts anderes übrig, als sich ruhig zu verhalten.»

«Eine sehr gute Überlegung», sagte Jonathan und verlangte den Zimmerschlüssel.

Loredano musterte ihn. Seine Augen leuchteten vor Neugier. Es war nicht schwer zu erkennen, dass er gerne weiter mit ihm gesprochen hätte, aber Jonathan war zu müde, um mit ihm lange zu diskutieren. Loredano wartete noch eine Weile, ob Jonathan etwas sagen würde. Doch bald sah er ein, dass es aussichtslos war, diesem auch nur ein einziges Wort zu entlocken. Er gab ihm den Zimmerschlüssel und wünschte ihm einen erholsamen Schlaf.

# 15

Grelles Tageslicht fiel durchs Fenster ins Hotelzimmer. Jonathan wachte auf. Eine Weile beobachtete er die im Sonnenlichtkegel schwebenden Staubpartikel. Sein erster Gedanke war, Venedig sofort zu verlassen. Er begann seinen Koffer packen. Dann hielt er inne, schaute nachdenklich vor sich hin, immer noch unschlüssig, was er tun sollte. Er schloss den Koffer, schob ihn beiseite und zog seine Reservekleider an, steckte das Karnevalskostüm und die Maske in einen Plastiksack und ging zum Hotelausgang. An der Rezeption begegnete er Loredano. Dieser schaute ihn an und schwieg. Jonathan nickte, doch Loredano ignorierte ihn. An der Ausgangstür blieb Jonathan stehen und drehte sich um.

«Hat sich jemand nach mir erkundigt?»

Loredano sah ihn etwas verwundert an.

«Wie bitte?»

«Ob jemand nach mir gefragt hat?»

«Nicht, dass ich wüsste. Wer hätte sich nach Ihnen erkundigen sollen?»

«Ein gewisser Herr Kräftig, den kennen Sie doch, nicht wahr?»

«Herr Kräftig?»

«Ja, Sie haben schon richtig gehört: Jakob Kräftig.»

Loredano legte die Stirn in Falten.

«Der Name sagt mir nichts. Es tut mir leid, aber ich kenne niemanden, der so heißen würde. Wer soll das denn sein?»

«Und Jacopo Robusti?»

Loredano lächelte plötzlich.

«Meinen Sie den genialen Maler aus der Renaissance, den man allgemein als Tintoretto kennt?

«Ja, genau den meine ich.»

«Freilich ist er mir bekannt. Den kennt doch jeder Venezianer. Aktuell läuft eine Ausstellung seiner Bilder im Palazzo Ducale. Sehr empfehlenswert, Signore! Haben Sie sie schon gesehen?»

Jonathan ging zurück zur Rezeption, blieb vor Loredano stehen und schaute ihm in die Augen.

«Wollen Sie mich etwa auf den Arm nehmen?»

«Warum sollte ich das, Signore? Ich nehme meine Gäste ernst und sie wissen das zu schätzen. Nichts liegt mir ferner, als mich grundlos über jemanden lustig zu machen, das können Sie mir glauben. Ich kann doch meine Gäste nicht an der Nase herumführen. Das ist nicht meine Art.»

«Aber Sie haben doch mit ihm in den vergangenen Tagen hier an der Rezeption mehrmals gesprochen. Ich habe es mit eigenen Augen gesehen.»

Loredano schaute ihn an, als hätte er einen Verrückten vor sich.

«Wie bitte? Wollen Sie etwa sagen, dass ich hier mit Tintoretto Tête-à-Tête gesprochen habe? Wie hätte ich das bewerkstelligen sollen? Tintoretto ist doch seit Jahrhunderten tot.»

«Ich meinte den deutschen Chirurgen Herrn Jakob Kräftig.»

«Das muss ein Irrtum sein, Signore. Ich fürchte, Sie verwechseln mich mit jemand anderem. Ich kenne keinen Jakob Kräftig. Den Namen habe ich jetzt zum ersten Mal gehört.»

«Okay, schon gut, ich weiß, es ist Karneval in Venedig, und man spielt allerlei Schabernack, aber das ist kein Grund, mich zum Narren zu halten», sagte Jonathan bestimmt.

«Das würde mir nicht im Traum einfallen. Wo denken Sie denn hin? Glauben Sie etwa, ich hätte Interesse daran, meine Gäste zu verschaukeln oder gar zu verärgern? Sie würden dann nie mehr kommen und ich müsste das Hotel schließen.»

Jonathan verstand die Welt nicht mehr. Loredano drehte die Handflächen nach oben und hob die Augenbrauen. Hinter den dicken Brillenlinsen sahen jetzt seine Augen groß aus wie die eines Uhus.

«Es tut mir wirklich schrecklich leid, dass ich Ihnen keine positive Antwort geben kann, Signore.»

Ohne einen weiteren Kommentar verließ Jonathan das Hotel. Es war kalt. Ein leichter Dunst lag über dem *Canal Grande*. Der Himmel war hellblau, keine Spur mehr von der *Nebbia*. Den Plastiksack mit dem Karnevalskostüm in der Hand, ging Jonathan dem Kanal entlang. Aus der Erinnerung versuchte er den Weg zum Kleiderverleih zu rekonstruieren. Er war selber überrascht, als er, nach einigem Herumirren durch die engen Gassen, plötzlich vor dem Haus stand. Kein Zweifel, er war am richtigen Ort. An die mit Messingblech verzierte Eingangstür konnte er sich noch gut erinnern.

Er läutete. Stille. Er drückte die Klinke, doch die Tür war abgesperrt. Dann läutete er mehrmals nacheinander und wartete. Als auch diesmal keiner kam, schlug er einige Male mit der Faust an die Tür. Im Haus rührte sich weiterhin nichts. Ein Fensterflügel im ersten Stock des Nachbarhauses öffneten sich und das zerknitterte Gesicht einer alten Frau erschien im Fenster.

«Was soll der Lärm, he? Wen suchen Sie, Signore?», rief sie mit einer nasalen Stimme.

«Ich möchte ein ausgeliehenes Karnevalskostüm zurückgeben», sagte Jonathan.

«Sie haben sich in der Adresse geirrt. Hier gibt es keinen Kleiderverleih, Signore. Das Haus steht seit Langem leer. Ich weiß nicht einmal mehr, wer der Hausbesitzer war. Seit Jahren sah ich da nie jemanden ein- oder ausgehen. Ich wohne schon lange hier und sitze quasi jeden Tag stundenlang am Fenster.»

Ungläubig blickte Jonathan die Greisin an. Er zog das Kostüm und die Maske aus dem Plastiksack.

«Aber ich habe mir diese Dinge genau hier, an diesem Ort, ausgeliehen.»

«Das ist nicht möglich! Ich sagte doch, dass ich es wissen müsste, wenn da jemand wohnen würde. Trotz meines Alters entgeht mir nichts, was in dieser Gasse läuft. Ich bemerke hier jede Bewegung. Aus dem Fenster schauen ist alles, was mir im Alter geblieben ist. Was sollte ich sonst machen, als zum Fenster hinauszuschauen, he? Mein Sohn ist nach New York ausgewandert und meine Tochter wohnt mit ihrer Familie in Rom. Aber ich sehe sie noch seltener als meinen Sohn. Dabei war ich ihnen eine gute Mutter, das können Sie mir glauben. Ich arbeitete Tag und Nacht, um ihnen eine anständige Ausbildung zu ermöglichen, und das ist ihr Dank für alles, was ich für sie getan habe. Undankbare Kinder sind das! Kein Mitgefühl. Denen ist es scheißegal, ob ich noch lebe oder schon verreckt bin wie eine alte, kranke Ratte im Kanal.»

«Das ist bedauerlich», sagte Jonathan, «ja, wirklich sehr bedauerlich und traurig. Aber jetzt zurück zum Kleiderverleih. Ich bin ganz sicher, dass ich das Kostüm von hier habe.»

«Ein Irrtum, Signore. Sie haben die Adresse verwechselt, das ist sicher. Kein Wunder: Die Häuser in Venedig sehen alle ähnlich aus. Es muss für einen Fremden sehr verwirrend sein, sich hier zurechtzufinden.»

Jonathan steckte das Kostüm und die Maske zurück in den Plastiksack. Er war überzeugt, dass er sich nicht irrte und vor derselben Tür mit den unverkennbaren filigranen Verzierungen aus Messingblech stand.

«Könnte ich das Kostüm hierlassen, und wenn der Besitzer zurückkommt, wäre es möglich, dass Sie es ihm zurückgeben?»

«Ich habe Ihnen doch gesagt, dass in diesem Haus kein Mensch wohnt. Hier war und ist kein Kleiderverleih, glauben Sie es mir endlich! Nehmen Sie das Kostüm gefälligst mit und suchen Sie die richtige Adresse, statt hier wie ein Wahnsinniger mit den Fäusten an die Tür zu trommeln! Man könnte meinen, dass Sie da einbrechen wollen. Fast hätte ich die Polizei gerufen!», schnarrte die Alte und schlug verärgert das Fenster zu.

Jonathan bemerkte ihre Silhouette hinter der Gardine. Offensichtlich beobachtete sie ihn. Er stand eine Zeit lang ratlos da. Unschlüssig schaute er hinauf zu den Fenstern des Hauses. Es fiel ihm auf, dass die Scheiben sauber waren. Jemand musste sie vor Kurzem geputzt haben. Wenn im Haus seit Langem niemand wohnen würde, wie die Alte behauptet hatte, so müssten sie vom Staub und Dreck verkrustet sein. Er war überzeugt, dass sie ihn angelogen hatte. Aber solche Gedanken halfen ihm jetzt wenig. Hinter den Fenstern bewegte sich weiterhin nichts. Er hatte keine Lust, länger vor dem Haus zu stehen und ging zurück zum Hotel. Unterwegs fiel ihm ein, sich noch einmal die Tintoretto-Ausstellung anzuschauen. Er wollte das Bild *Susanna e i vecchioni* zum letzten Mal sehen, bevor er nach Deutschland zurückkehren würde.

Im *Palazzo Ducale* kaufte er sich eine Eintrittskarte, gab den Plastiksack mit dem Karnevalskostüm an der Garderobe ab, und betrat den Saal. Der Zufall wollte es, dass er demselben Wärter begegnete, der ihm geholfen hatte, als es ihm übel geworden war.

«Ach, sind Sie wieder da, Signore? Ich hoffe, es geht Ihnen besser als das letzte Mal», begrüßte er ihn.

Jonathan nickte schweigend und der Wärter fuhr fort: «Der Tintoretto will Sie nicht in Ruhe lassen, nicht wahr? Das ist verständlich, ist er doch ein großer Maler gewesen, einer der größten überhaupt. Genießen Sie seine Bilder. Aber bitte nur mit Vorsicht, damit es Ihnen nicht wieder übel wird.»

Jonathan sah ihn an, um herauszufinden, ob er sich über ihn lustig machen wollte. Doch das schien nicht der Fall zu sein. Er versprach, diesmal gut aufzupassen, dass es nicht noch einmal vorkomme, und der Wärter lächelte zufrieden.

Vor dem Gemälde *Susanna e i vecchioni* blieb Jonathan stehen und schaute sich das Gesicht der abgebildeten Frau genau an. Erstaunt stellte er fest, dass sie seiner Sängerin überhaupt nicht ähnlich war. Weder ihr noch Susanne, der Frau, die er vor Jahren in Venedig kennengelernt hatte. Es war verwirrend, und er fragte sich, ob er sich die Ähnlichkeit bloß eingebildet hatte. Er setzte sich auf einen Stuhl in der Ecke des Raumes, betrachtete das Bild und wusste nicht, was er darüber denken sollte.

Der Wärter tauchte auf.

«Ist es Ihnen wieder unwohl geworden, Signore?», fragte er besorgt.

Jonathan verneinte und stand auf. Er holte aus der Garderobe den Plastiksack mit dem Karnevalskostüm und verließ den Palazzo. Auf dem Weg zurück zum Hotel begegnete er wieder den drei alten Frauen in Schwarz. Es kam ihm vor, als würden sie ihn neugierig anschauen und sich etwas zuflüstern. Er ignorierte sie und beschleunigte seinen Schritt.

An der Rezeption grinste ihm Loredano entgegen.

«Haben Sie einen schönen Spaziergang gemacht?»

Jonathan schaute ihn mürrisch an und ging an ihm vorbei, ohne zu antworten.

Loredano sah ihm nach und schüttelte nachdenklich den Kopf.

Als Jonathan das Zimmer betrat, fiel ihm ein Zettel ins Auge, der auf dem Boden unterm Fenster lag. Er hob ihn auf und las:

SIE SIND IN GEFAHR, VERLASSEN SIE UNVERZÜGLICH VENEDIG!

Die Botschaft war mit derselben verwackelten Handschrift in Blockschrift geschrieben, wie diejenige auf dem ersten Zettel, die er vor einigen Tagen in seinem Zimmer gefunden hatte. Wie vom Blitz getroffen, stand Jonathan da und starrte auf die Nachricht. Er wusste nicht, was er davon halten sollte. Nach der Erfahrung der letzten Tage war es ihm bewusst, dass er die Warnung ernstnehmen musste. Er steckte den Zettel in die Jackentasche, nahm den Koffer und ging zur Rezeption. Dort zog er sein Portemonnaie aus der Brusttasche.

Loredano sah ihn überrascht an.

«Wollen Sie wirklich schon jetzt abreisen? Das ist schade. Der Karneval ist noch nicht zu Ende.»

«Leider muss ich zurück nach Deutschland, Verpflichtungen rufen», log Jonathan. «Darf ich jetzt meine Rechnung bezahlen?»

«Das dürfen Sie immer», scherzte Loredano. Er druckte die Rechnung aus und reichte sie ihm.

«Wollen Sie mit der Karte oder bar bezahlen?»

«Mit Bargeld.»

«Umso besser. So ist es gleich erledigt.»

Jonathan sah sich die Rechnung an, nahm einige Banknoten hervor und legte sie auf die Theke.

«Behalten Sie den Rest», sagte er.

«Vielen Dank, Signore! Ich hoffe, der Aufenthalt in Venedig hat Ihnen gefallen.»

«Es war eine abwechslungsreiche Zeit voller Überraschungen. Doch im Großen und Ganzen ziemlich anstrengend. Ich spüre die Müdigkeit in den Knochen.»

«Das kann ich mir vorstellen. Ich wäre auch müde, wenn ich wegen des Karnevals nächtelang nicht das Auge zutun würde. Aber, wie gesagt, den Schlaf können Sie zu Hause nachholen, dort können Sie so viel schlafen, wie Sie wollen. In der *Serenissima* bleibt man während des *Carnevale* dem Bett fern. Das ist schon so.»

Jonathan schaute ihm in die Augen. «Darf ich Sie etwas fragen?»

«Natürlich.»

«Warum sagen Sie, dass Sie den Herrn Jakob Kräftig nicht kennen?»

«Oh Gott! Warum fragen Sie mich schon wieder nach ihm? Reicht Ihnen eine negative Antwort nicht? Muss ich andauernd wiederholen, dass ich den Herrn nicht kenne? Es tut mir schrecklich leid, dass ich Ihnen diesbezüglich nicht behilflich sein kann.»

Jonathan verstand die Welt nicht mehr. Es kam ihm nicht so vor, als würde Loredano lügen. Aber dass er nicht die Wahrheit sagte, stand für ihn außer Zweifel. Er hatte ihn mit Jakob zweimal an der Rezeption gesehen. Mit eigenen Augen! Und sie duzten einander wie alte Freunde.

«Was halten Sie davon?», fragte Jonathan und zeigte dem Concierge den Zettel.

Loredano las die Warnung und lächelte gezwungen.

«So ein Unsinn! Das müssen Sie nicht ernst nehmen. Jemand will Sie zum Narren halten. Wir sind schließlich in Venedig und nicht in Chicago», sagte er lachend und warf den Zettel in den Papierkorb. «Ist das etwa der Grund Ihrer Abreise?»

«Nicht unbedingt. Aber ich finde es merkwürdig, solche Zettel in meinem Zimmer vorzufinden.»

«Ist es denn schon einmal vorgekommen?», fragte Loredano neugierig.

«Leider ja.»

«Warum haben Sie mir nichts davon gesagt?»

«Ich fand es nicht so wichtig.»

«Irgendein Spaßvogel will Ihnen Angst einjagen. Das kann man nicht tolerieren! Die Gäste sollen sich in unserem Hotel heimisch fühlen, ganz wie zu Hause. Ich werde dem nachgehen und den Witzbold zur Rechenschaft ziehen. Das geht doch nicht!», rief Loredano verärgert.

«Tun Sie das», sagte Jonathan. «Und, sollte Herr Kräftig doch noch hier auftauchen, richten Sie ihm bitte aus, dass ich abgereist bin. Bei der Gelegenheit geben Sie ihm dieses Karnevalskostüm zurück. Er soll es selber beim Kostümverleih abgeben, in dem er es für mich ausgeliehen hatte.»

«Wie oft soll ich wiederholen, dass ich den betreffenden Herrn nicht kenne? Selbst wenn Sie das Gegenteil behaupten: Ich kenne ihn nicht. Nehmen Sie bitte den Plastiksack mit dem Kostüm mit, ich will damit nichts zu tun haben.»

Mit dem Koffer in der einen und dem Plastiksack in der anderen Hand verließ Jonathan das Hotel. Er fühlte sich verschaukelt, und das machte ihn wütend. Am liebsten hätte er dem Concierge links und rechts ein paar Ohrfeigen verpasst.

Das Wasser im Kanal war schwarz wie die an den Pfosten angebundenen Gondeln. Jetzt wirkten sie alles andere als romantisch auf ihn. Er lief dem Kanal entlang. Das Gefühl seiner Ohnmacht machte ihn wütend. Hatte ihn der Concierge für einen vollkommenen Trottel gehalten? Jonathan knirschte mit den Zähnen. In einem plötzlichen Wutanfall warf er den Plastiksack mit dem Kostüm in den Kanal. Dieser flog in einem Bogen durch die Luft, öffnete sich, der Inhalt fiel ins Wasser und geriet bald unter den Wasserspiegel. Jonathan schaute zu, wie die Strömung den Plastiksack noch eine Zeit lang weitertrug, bis er sich mit Wasser füllte und versank. Jetzt fühlte sich Jonathan erleichtert.

# 16

«All das, was Sie mir da erzählt haben, ist spannend, aber es klingt für mich zu abenteuerlich, oder sagen wir besser: zu fantastisch, um wahr zu sein. Die Frage ist nun, was der Wirklichkeit und was Ihrer Fantasie entspringt. Das müssen wir zusammen analysieren und schön säuberlich voneinander trennen. Ich befürchte, dass in Ihrer Geschichte die Fantasie einen großen Teil einnimmt, und es ist nicht ausgeschlossen, dass sie Ihnen einen Streich gespielt hat», sagte der Psychiater. «Wie Sie selber zugeben müssen, haben Sie keine Beweise, welche die Begebenheiten in Venedig eindeutig untermauern würden.»

«Aber es hat sich alles so ereignet, wie ich es Ihnen erzählt habe. Es ist absolut nichts dazu gedichtet», wehrte sich Jonathan. «Wozu sollte ich mir irgendwelche Fantasiegeschichten ausdenken? Um Ihnen damit Eindruck zu machen und mir selber den Schlaf zu rauben? Was hätte ich davon? Außer seelischen Leiden würde es mir nichts bringen. Ist es nicht schon schlimm genug, dass ich seit meinem Aufenthalt in Venedig an permanenter Schlaflosigkeit leide? Dazu kommen auch noch Depressionen, die mich immer wieder heimsuchen. Oft, wenn ich die Augen schließe und schlafen will, habe ich Wahnvorstellungen. Und nachts, wenn ich nicht schlafen kann und aus dem Fenster schaue, um die Zeit totzuschlagen, sehe ich eine schwarze Gondel über die Straße fahren, direkt unter meinem Fenster. Der stehende Gondoliere ist in Weiß gekleidet. Ein Mann, ganz in Schwarz, sitzt reglos in der Gondel, das Gesicht verdeckt mit einer goldenen venezianischen Maske. Und er starrt mich an, ja, er starrt mich so feindselig an, dass mir das Blut in den Adern gefriert. Das Schlimmste daran ist, dass ich nicht weiß, was das zu bedeuten hat, was der Wirklichkeit entspricht und was nicht. Die Wahrscheinlichkeit, dass es sich da um Halluzinationen handeln könnte, liegt nahe: Eine Gondel kann doch unmöglich unter meinem Fenster über die asphaltierte Straße fahren!»

«Stimmt», nickte der Psychiater, «das ist absolut unrealistisch.»

«Aber es wirkt jeweils so überzeugend, dass ich einmal sogar hinausgerannt bin, um den maskierten Mann zu stellen», sagte Jonathan. «Doch als ich ganz außer Atem auf die Straße kam, fand ich von ihm und seiner Gondel keine Spur. Die Straße war leer. Es ist zum Verzweifeln, glauben Sie mir, Herr Doktor! Wenn es so weitergeht, befürchte ich, dass ich mit der Zeit ganz verrückt werde. Ich hoffe, dass mich das Ganze einmal nicht noch zum Suizid treibt.»

«Und genau das gilt es, um jeden Preis zu verhindern», sagte der Arzt ruhig.

«Es war dumm von mir, dass ich das ausgeliehene Karnevalskostüm weggeworfen habe!», rief Jonathan. «Das wäre ein klarer Beweis gewesen, dass meine Geschichte kein Hirngespinst ist. Ich habe mir da wirklich nichts ausgedacht, Herr Doktor, glauben Sie mir das bitte, so war es wirklich. Es hat sich so abgespielt, wie ich es Ihnen geschildert habe. Ich wünschte, ich könnte Sie davon überzeugen, dass diese Geschichte so wahr ist, wie ich vor Ihnen stehe!»

Schweigend blickte der Psychiater auf seinen Tisch, schob seinen Kugelschreiber auf der Tischplatte hin und her, als hinge davon die richtige Diagnose ab. Nach einer Weile schaute er Jonathan an und seufzte.

«Gern möchte ich Ihnen alles glauben. Mag sein, dass Sie das in Venedig tatsächlich erlebt haben. Es gibt nichts unter der Sonne, was es nicht gibt, so sprach bereits der weise Salomon. Es könnte für die Therapie hilfreich sein, wenn Sie die Begebenheit in allen Einzelheiten aufschreiben würden. Am besten in der dritten Person, damit Sie die nötige Distanz gewinnen können. Es ist durchaus möglich, dass Ihnen schon während der Niederschrift vieles klarer wird.»

Jonathan schaute eine Weile auf die Wand und schwieg.

«Glauben Sie wirklich, dass es mir helfen würde?», fragte er schließlich.

«Davon bin ich überzeugt», sagte der Psychiater.

Jonathan seufzte. «Okay. Ich werde es aufschreiben, Herr Doktor. Und zwar detailliert, damit sie sehen, dass ich das alles erlebt habe. Auch wenn es für Sie unwahrscheinlich klingen mag.»

«Selbst die unglaublichsten Dinge können wahr sein», gab der Psychiater zu. «Aber wenn Sie keine handfesten Beweise haben, die alles plausibel machen würden, kommen wir keinen Schritt weiter, und ich muss dann davon ausgehen, dass sich das Ganze nur in Ihrem Kopf, in Ihrem Unterbewusstsein abgespielt hat, das aus einem mir noch nicht bekannten Grund Fantasiebilder ungefiltert in Ihr Bewusstsein durchließ, und Sie nahmen die Bilderflut für bare Münze. Sind Sie wirklich sicher, dass Sie in Venedig waren?»

«Aber ich bitte Sie, Herr Doktor, welche Frage!», rief Jonathan beleidigt. Er überlegte eine Weile. «Einen kleinen Beweis kann ich Ihnen liefern», sagte er schließlich. Fieberhaft durchsuchte er seine Taschen und reichte dann dem Psychiater eine Fahrkarte. Dieser schaute sie aufmerksam an und ein freundliches Lächeln erhellte seine Züge.

«Tatsächlich! Das ist ja eine Bahnfahrkarte von Venedig nach Hamburg», sagte er und gab sie Jonathan zurück.

«Na, sehen Sie!», rief Jonathan. «Ist das nicht ein Beweis, dass alles, was ich Ihnen erzählt habe, wahr ist?»

«Mag sein. Aber reicht eine Fahrkarte aus, um alles Erzählte zu beweisen?» Der Psychiater musterte ihn nachdenklich. «Immerhin etwas. Zwar ist es nur ein kleiner Beweis, aber immerhin. Doch ich denke, dass wir uns zuerst den unangenehmen Symptomen zuwenden sollten, um sie genau unter die Lupe zu nehmen. Das müssen wir mit Psychopharmaka unter Kontrolle bringen, um Ihren psychischen Zustand zu verbessern und weitgehend zu stabilisieren, damit Sie ohne Albträume die ganze Nacht durchschlafen können. Dann werden wir mithilfe von Psychoanalyse der venezianischen Begebenheit auf den Grund gehen. Ich bin sicher, dass es uns gelingen wird, die Ursache Ihres psychischen Leidens zu finden und den beunruhigenden Albträumen dadurch ein Ende zu setzen. Ihr seelisches Befinden hat jetzt absolute Priorität. Es darf unter keinen Umständen riskiert werden, dass Sie sich aus Verzweiflung etwas antun. Wir werden systematisch vorgehen. Machen Sie sich keine Sorgen mehr, das werden wir schon in den Griff bekommen. Sie können sich auf meine jahrelange Erfahrung verlassen. Ich konnte einer ganzen Reihe von Patienten helfen, die ähnliche Symptome aufwiesen wie Sie. Diese Leute sind heute gesund und führen ein glückliches Leben. So sehe ich keinen Grund, warum ich Ihnen nicht helfen könnte. Doch was es braucht, ist Geduld, Geduld und noch einmal Geduld. Psychische Erkrankungen lassen sich nicht so schnell heilen wie ein Bein- oder Armbruch. Das ist etwas völlig anderes. Wie gesagt, als Erstes werde ich Ihnen die nötigen Psychopharmaka verschreiben. Das wird relativ rasch zu einer Besserung Ihres psychischen Zustandes führen. Sicherheitshalber lassen wir im radiologischen Institut noch eine Magnettomografie machen, um zu untersuchen, ob nach Ihrem Unfall nicht ein organischer Schaden zurückgeblieben ist. Dann sehen wir weiter. Wenn Sie meine Anweisungen genau befolgen, werden Sie in absehbarer Zeit gesunden. Das kann ich Ihnen schon jetzt versprechen.»

Er stand auf, ging zu einer Vitrine, aus der er zwei kleine Kartonschachteln mit Medikamenten entnahm, die er vor Jonathan auf den Tisch legte.

«Ich gebe Ihnen zwei Medikamente gegen Wahnvorstellungen, die sich in dieser Kombination gut bewährt haben. Nehmen Sie abends und morgens je eine Tablette ein. Falls sich Ihr Gemütszustand nach einer Woche nicht bessern oder sogar verschlechtern sollte, rufen Sie mich bitte sofort an.»

Er reichte Jonathan seine Visitenkarte.

«Da ist meine Mobiltelefonnummer, auf der ich immer, egal wo ich mich befinde, erreichbar bin. Sollten die Medikamente nicht wirken, so müsste man die Dosis erhöhen. Doch ich glaube kaum, dass es nötig sein wird.»

Der Psychiater begleitete Jonathan zur Tür.

«Lassen Sie sich im Sekretariat einen Termin für die nächste Sprechstunde geben. Ich wiederhole: Wenn es Ihnen nicht besser gehen oder eine Verschlechterung eintreten sollte, rufen Sie mich unverzüglich an.»

Jonathan nickte. Dann verließ er den Konsultationsraum.

Nach einer Weile trat die Ehefrau des Psychiaters ins Sprechzimmer. Sie erledigte seit Jahren seine Administration.

«Frau Müller hat soeben angerufen. Sie möchte den Termin auf nächste Woche verschieben.»

«Das geht leider nicht, Monika. Ich werde die ganze Woche an einer psychiatrischen Tagung in London sein. Richte ihr bitte aus, sie soll noch diese Woche vorbeikommen. Gib ihr einen neuen Termin.»

«Okay», sagte sie und wollte gehen. Mit der Türklinke in der Hand blieb sie stehen.

«Deinen neuen Patienten kenne ich übrigens aus meiner Schulzeit. Wir waren Klassenkameraden und gut miteinander befreundet, gingen zusammen schwimmen, manchmal sogar ins Kino. Dann haben wir uns aber aus den Augen verloren. Er war immer sehr scheu. Was fehlt ihm denn?»

«Du weißt doch, dass ich darüber nicht sprechen darf, nicht einmal mit dir: ärztliche Schweigepflicht. Da du aber meine Frau bist und mir in allem hilfst, werde ich für einmal eine Ausnahme machen. Aber es bleibt strikt unter uns, versprochen?»

«Versprochen. Du kennst mich doch gut genug, um zu wissen, dass ich keine Klatschtante bin.»

«Das hab' ich an dir schon immer sehr geschätzt. Also gut: Er leidet an Halluzinationen und fast unerträglichen Angstzuständen, die ihn periodisch heimsuchen und zur Verzweiflung treiben. Er erzählte mir von einer Begebenheit, die er während des Karnevals in Venedig erlebt haben will. Sie hört sich merkwürdig, um nicht zu sagen ziemlich unglaubwürdig an. Ob sie nun real war oder nur eingebildet, beschert sie ihm schlaflose Nächte. Es muss genau untersucht und psychologisch ausgewertet werden. Lange andauernde Schlaflosigkeit kann verheerende Folgen auf die Psyche haben. Verschiedene Erlebnisse, die er mir anvertraut hatte, bewegen sich im Rahmen des Möglichen. Aber es gibt da Aspekte, die nicht mehr auf dem Boden der Realität stehen. Wenn er zum Beispiel behauptet, er habe auf einem Fest in einem venezianischen Palazzo den vor Jahrhunderten verstorbenen Maler Tintoretto nicht nur gesehen, sondern auch persönlich gesprochen, ist das nicht besonders realistisch. Oder wenn er mir einreden will, dass aus einem Frauenakt von Tizian eine Frau von der Leinwand herunterstieg, zu ihm kam, mit ihm tanzte und flirtete, kann das unmöglich der Wirklichkeit entsprechen. Er erzählte auch, er habe mit Tintoretto in verschiedenen Restaurants in Venedig gespeist und mit ihm über Kunst diskutiert. Dieser soll nicht nur fließend Deutsch gesprochen, sondern sich auch ausgezeichnet ausgedrückt haben, was ich für einen Unsinn halte. Schon rein geschichtlich kann das nicht stimmen. Wo sollte denn Tintoretto, ein italienischer Maler, der in der Renaissance lebte, Deutsch gelernt haben?»

«In diesem Punkt muss ich dir leider widersprechen», sagte Monika. «Es ist bekannt, dass Tintoretto mehrmals für längere Zeit auf deutschsprachigem Gebiet tätig war. Ich glaube, er war in Nürnberg, wo er Albrecht Dürers Werke, den er sehr schätzte, besichtigt hatte, aber ich weiß es nicht mehr genau. Damals reiste man nicht so schnell wie heute. Wenn man eine Reise in ein fremdes Land unternahm, so blieb man einige Monate dort. Ich kann mir gut vorstellen, dass Tintoretto gut Deutsch gelernt haben könnte. Für ein Genie wie Tintoretto wäre das keine große Sache gewesen. In einer gut recherchierten Tintoretto-Biografie, die ich vor ein paar Jahren gelesen habe, wird es jedenfalls erwähnt, dass er Deutsch sprechen konnte.»

«Okay. Gut möglich, dass Tintoretto die deutsche Sprache beherrschte, aber kannst du mir erklären, wie er im 21. Jahrhundert in Venedig auftauchen könnte? Menschen, die seit Jahrhunderten tot sind, spazieren normalerweise nicht in Venedigs Gassen herum, um Touristen zum Essen einzuladen und mit ihnen über Kunst zu diskutieren, meinst du nicht auch?»

«Da kann ich dir nicht widersprechen», lächelte sie.

«Das freut mich», sagte der Psychiater. «Um die venezianische Begebenheit zu untermauern, zeigte er mir eine Bahnfahrkarte von Venedig nach Hamburg. Ich habe sie mir genau angeschaut.»

«Das ist doch ein Beweis, dass er dort war, oder etwa nicht?»

«Leider nicht. Sie wurde zwar in Venedig ausgestellt, aber vor drei Jahrzehnten.»

«Willst du damit sagen, dass er die ganze Geschichte nur geträumt hat?»

«Könnte sein. Ist das Leben an sich nicht auch nur eine Art Traum?»

«Ein guter oder ein schlechter?»

«Mit dir an meiner Seite definitiv ein guter», sagte der Psychiater und strich ihr über die Wange. «Doch für unseren Patienten scheint es eher ein Albtraum zu sein.»

Eine Weile blickte er ins Leere, als überlegte er, was er noch beifügen könnte. «Jetzt fällt mir noch etwas ein», sagte er schließlich. «Er erzählte, dass er Tintoretto auf der Insel *San Michele,* dem Friedhof von Venedig, das erste Mal getroffen habe. Allerdings war ihm zu jenem Zeitpunkt noch nicht bewusst, dass es sich um Tintoretto handelte, er habe sich als Jakob Kräftig vorgestellt und behauptete, er sei ein pensionierter Chirurg aus Deutschland. Erst Tage später sei bei einem Maskenball im Palast eines venezianischen Dogen herausgekommen, dass es Tintoretto persönlich war. Interessant, nicht wahr?»

Monika schüttelte ungläubig den Kopf.

«Das hat er dir gesagt?»

«Ja. Das mutet zwar alarmierend an, ist aber weniger schlimm, als man denken könnte. Der pathologische Zustand seiner Psyche wurde höchst wahrscheinlich durch seinen Sturz im Drogenrausch ausgelöst, bei dem er einen Schädelbruch und eine starke Gehirnerschütterung erlitt. Er lag damit mehrere Tage in einem venezianischen Krankenhaus, wie er sagte. Aber Unterlagen, die dies bestätigen würden, hat er keine vorzuweisen. Wie er erzählte, wurde er plötzlich ohnmächtig, fiel um und schlug mit dem Kopf auf dem harten Parkettboden auf. Es ist bekannt, dass eine starke Gehirnerschütterung psychische Störungen auslösen kann. Und wenn auch noch Drogen im Spiel sind, ist es noch viel schlimmer. Offensichtlich leidet er an Paranoia. Mithilfe von Psychopharmaka wird sich sein Zustand allmählich bessern und stabilisieren. Erst dann können wir mit einer psychoanalytischen Nachbehandlung beginnen, um der Ursache auf den Grund zu gehen. Er wird mit der Zeit genesen und wieder unbeschwert leben können. Ich habe ihm geraten, die Geschichte in der dritten Person aufzuschreiben, damit er ein bisschen Abstand gewinnt. Das könnte in diesem Fall hilfreich sein. Last but not least: Wir werden für das Honorar eine Kreuzfahrt in die Karibik buchen, an deren Realität für mich absolut kein Zweifel besteht, mein Schatz. Das ist immerhin etwas Positives an der ganzen Angelegenheit.»

«Musst du immer so kaltschnäuzig sein?», rügte sie ihn.

«Wie du sehen kannst, selbst solche Dinge haben ihre positive Seite», lachte er.

«Jetzt fällt mir etwas sehr Interessantes in Bezug auf Jonathans Geschichte ein», sagte sie.

«Was denn?»

«Tintoretto war ein Pseudonym des Malers. Mit bürgerlichem Namen hieß er Jacopo Robusti.»

«Das finde ich wirklich bemerkenswert», sagte der Psychiater nachdenklich und klopfte mit den Fingern der linken Hand einen Marschrhythmus auf die Tischplatte.

«Nur der Teufel weiß, was da gelaufen ist. Aber eines ist für mich sicher: Der Mann ist psychisch krank und braucht dringend Hilfe.»

«Bist du sicher, dass er wieder gesund wird?», fragte sie besorgt.

«In diesen Dingen gibt es keine Sicherheit. Aber ich nehme an, dass ihm geholfen werden kann. Er ist nicht der erste Patient, den ich in meiner Karriere als Psychiater mit Erfolg behandelt habe. Aber es braucht Zeit. Sehr viel Zeit. Er wird sich gedulden müssen, bis er wieder zur Normalität zurückkehren kann. In seinem Alter dauert das länger als bei jungen Patienten.»

«Ich hoffe, dass er wieder gesund wird. Er ist ein guter Mensch. Es wäre schade, wenn er psychisch krank bleiben sollte», sagte sie.

«Drück ihm die Daumen, damit alles gut kommt. Sollte es mir nicht gelingen, ihn von seinen seelischen Leiden zu befreien, so hat er Pech gehabt. Aber unsere Karibikkreuzfahrt wird dadurch trotzdem nicht gefährdet.»

«Ach du! Sei nicht so zynisch!», rief sie und gab ihm einen leichten Klaps auf die Schulter.

«Zynisch? Keineswegs. Ich bin nur realistisch, mehr nicht», konstatierte er trocken.